"나는 그의 미모에 압도당한 나머지 주뼛거리면서도
어떻게든 인사를 했다.
궁정 마도사단에서 강사가 온다는 이야기는 들었지만,
그게 사단장님이라는 말은 듣지 못했다."

성녀의
마력은 만능입니다 2

*The power
of the saint is
all around.*

"궁정 마도사단에 어서 오세요.
마법 강의를 담당할
유리 드레베스입니다."

성녀의 마력은
만능입니다 2

STORY

타치바나 유카

NOVEL
PURPLE

일러스트레이션

슈리 야스유키

contents

제1막

감정

궁정 마도사단으로 향하는 마차 안에서 멍하니 바깥 경치를 바라보다가 몇 번째인지 모를 한숨을 내쉬었다.

내 한숨 소리를 눈치챈 건지, 소장님이 쓴웃음을 지으며 말을 걸었다.

"상당히 싫은 모양이네. 뭐, 이해할 수 없는 건 아니지만."

"그렇죠……."

쓴웃음을 지으며 대답하자 소장님은 어깨를 으쓱거렸다.

나는 다시 바깥 풍경으로 시선을 돌리며 어제 있었던 일을 떠올렸다.

어제 일을 끝냈을 무렵, 궁정 마도사단에서 연락이 왔다.

내일, 즉 오늘 감정을 할 테니 궁정 마도사단으로 와달라고 말이다.

무엇을 감정하냐고?

나를 감정한다고 한다.

지난번에 병원에서 저지른 일 때문인지 요즘은 여기저기서 나를 【성녀】라고 부르는 듯하다.

그런 상황에서 【성녀 소환 의식】 이후로 혼수상태였던 궁정 마도사단의 사단장이 일주일 정도 전에 의식을 되찾았다.

그 사단장이라는 사람은 국내에서 유일하게 사람을 감정할 수 있다고 한다.

지금까지 나를 감정하지 않았던 건 그 사람이 혼수상태에 빠져 있었기 때문이다.

사단장은 아직 컨디션이 다 회복되지 않았지만, 【성녀】를 확정짓는 건 나라에서 가장 중요한 일이기 때문에 몸이 안 좋은 걸 무릅쓰고 감정하기로 한 모양이다.

병원에서 있었던 일을 떠올리면 어쩔 수 없다는 생각도 들었다.

그렇게나 요란하게 회복 마법을 썼으니 주변에서 【성녀】가 아니냐는 소문이 돌지도 모른다는 생각에 어느 정도 각오하고 있었는데…….

역시 마음이 무거웠다.

감정으로 스테이터스를 확인한다는데, 그렇게 되면 단번에 아웃이지 않은가.

스테이터스에 확실하게 【성녀】라고 표시되어 있으니까.

"그렇게 싫어?"

생각에 잠겨 있었더니 자연스럽게 언짢은 표정을 지었나 보다.

소장님 쪽을 바라보자 그가 걱정스런 표정으로 나를 쳐다보았다.

"네. 마음이 무거워요."

"이런 말은 하고 싶지 않지만, 그렇게나 요란하게 설쳤으니까 말이야."

"설쳤다니요. 남부끄럽게. 조금 치료해준 것뿐이잖아요."

"조금은 아니지, 조금은."

소장님의 말에 입술을 삐죽거리자 어이가 없다는 대답이 돌아왔다.

그러고 나서 우리는 서로의 얼굴을 마주 보며 쓴웃음을 지었다.

소장님은 그야말로 내가 연구소에 이동해온 뒤로 줄곧 나를 상당히 걱정해주신다.

내가 알아차리지 못하도록 자연스럽게 슬쩍 걱정해주는 경우가 많았는데, 가끔 그런 걸 눈치챌 때가 있었다.

부하라서 그렇게 대해주는 것이겠지만 그래도 무척 고마웠다.

이렇게 대화를 나누는 것만으로도 가라앉아 있던 마음이 조금은 나아졌으니까.

"감정을 한다고 해서 곧바로 어떻게 되지는 않을 것 같은데……."

소장님이 문득 진지한 표정을 짓더니 띄엄띄엄 이야기했다.

【성녀 소환 의식】 이후, 느리기는 해도 마물의 숫자가 줄어들었으니 왕궁에서는 【성녀】가 소환된 게 틀림없다는 확신을 품고 있다.

다만, 마물이 줄어드는 건 왕도 주변뿐이고 왕도에서 먼 곳에는 마물이 아직 많이 남아 있었다.

먼 옛날, 【성녀】들은 직접 기사단과 함께 마물이 많이 모인 곳으로 가서, 성녀만 쓸 수 있는 술법으로 마물을 섬멸하고 그곳을 정화했다고 한다.

왕궁에서는 이번에도 【성녀】가 그렇게 해주기를 기대하는 것 같았다.

"마물 섬멸……. 그럼 전투에 참여해야 하는 건가요?"

"그래. 하지만 마도사는 기사 뒤에서 술법을 발동하니까 기사만큼 위험한 일을 겪기는 어려워."

"하지만 마물이 마법 같은 걸 쓰면요? 날아오는 경우도 있잖아요."

"음. 위험한 일을 전혀 겪지 않는다고 할 수는 없겠네."

"같이 소환된 아이도 그렇고 저도 전투는 해본 적이 없는데요."

전 세계적으로 보면 전쟁을 하고 있는 곳도 있지만 일단 일본은 평화로웠다.

나도 그렇지만 아마 같이 소환된 아이도 목숨을 걸어야 하는 경험은 해본 적이 없을 터였다.

그런 사람이 갑자기 토벌에 따라간다고 해도 도움이 될 것 같지는 않았다.

게임 속에서라면 마물 따위야 얼마든지 쓰러뜨린 적이 있지만.

"아마 뭔가 훈련을 한 뒤에 하겠지. 같이 소환된 아이, 아이라라고 했던가? 그 애도 아카데미에서 그런 걸 배우고 있어."

"그래요?"

"아카데미에서는 훈련으로 동쪽 숲 토벌을 가기도 하거든. 그 애도 이미 갔다 온 적이 있을 거야."

아이라는 이미 경험해본 적이 있을 거라니, 소장님의 말을 듣고 조금 놀랐다.

괜찮을까 걱정하던 중, 경호하기 위해 기사단이 동원되었던 게 떠올랐다.

그녀가 다쳤다는 이야기는 들은 적이 없으니 아마 괜찮을 것이다.

토벌을 간 곳도 약한 마물이 많다는 동쪽 숲이었을 테고.

"만약……, 만약에 오늘 감정을 해서 제가 【성녀】가 아니라는 것으로 판명되면 어떻게 되나요?"

문득 그런 생각이 들어서 물어보았다.

소장님은 눈을 조금 동그랗게 뜨더니, 곧바로 쓴웃음을 지었다.

"【성녀】의 일은 아이라가 맡게 되겠지. 하지만······."

"하지만?"

"······아마 너한테 지원 요청이 올지도 몰라."

"지원 요청이요?"

"주로 회복 마법을 써달라고 하겠지."

그렇군.

확실히 병원에서 주위 사람들이 놀랄 만큼 자중하지 않고 치료하긴 했다.

그런 일이 있을 수도 있다.

"요청을 받으면 궁정 마도사단으로 이동하게 되나요?"

"글쎄, 어떻게 되려나."

"가능하면 이동하고 싶지 않아요."

연구소는 무척 마음이 편한 직장이다.

지원 요청을 받는 건 상관없지만, 직장이 바뀌는 건 조금 싫었다.

그런 마음을 소장님에게 전하자 그가 선처해주겠다고 했다.

소장님과 앞으로 예상될 전개에 대해 이야기하다보니 궁정 마도사단의 막사에 도착했다.

궁정 마도사분이 마중을 나왔고, 우리는 그 뒤를 따라 막사 안으로 들어갔다.

막사 안을 걸어가는데 스쳐 지나가는 마도사들이 이쪽을 살피는 듯한 눈빛으로 흘끔흘끔 쳐다보았다.

요즘 왕궁 안에서 걷다 보면 이런 시선을 받곤 했다.

익숙해졌냐고 하면 이제는 익숙해졌지만, 그래도 역시 조금 신경이 쓰였다.

신경을 쓴들 어찌할 도리는 없지만.

"약용식물연구소의 바르디크 소장님과 세이 님을 모셔 왔습니다."

마도사가 사단장실로 보이는 방문을 노크하며 용건을 전하자, 곧 안으로 들여보내라는 대답이 돌아왔다.

마도사의 재촉으로 방 안에 들어가니 인텔리 안경님과 함께 짙은 감색 머리와 눈동자를 지닌 무척 단정한 얼굴의 청년이 서서 맞이해주었다.

너무나도 단정한 얼굴이어서 인공적으로 느껴지기도 했다.

뭐지?

이 방, 미남 비율이 너무 높은 거 아냐?!

나만 엄청 무지막지하게 어울리지 않는 것 같잖아!

아까 그 마도사는 어떻게 되었냐고?

우리를 안내해주고 바로 나가버렸다.

지금 이 방에 있는 건 나와 소장님과 인텔리 안경님 그리고 그 청년, 이렇게 네 명뿐이다.

"궁정 마도사단에 어서오세요. 저는 궁정 마도사단의 단장인 유리 드레베스입니다."

"세이라고 합니다."

청년은 온화하게 미소 지으며 나에게 자기소개를 했다.

그 미모에 압도당한 나는 주뼛거리면서 어찌어찌 인사를 했다.

이 사람이 사단장님이라니.

지나치게 단정한 사단장님의 얼굴과 다정한 분위기 때문일지도 모르지만, 옆에 서 있는 인텔리 안경님보다 사단장님이 훨씬 젊어 보였다.

혹시 주드와 비슷한 나이인 건 아닐까?

내색하면 실례일 테니 주의하자는 생각을 하고 있는데 그가 소파에 앉으라고 권했다.

"아, 그렇지. 이쪽은 부사단장인 에어하르트 호크입니다. 예전에 만난 적이 있으시죠?"

"아, 네."

내가 소파에 앉자마자 사단장님이 갑자기 생각났다는 듯 옆에 앉은 인텔리 안경님을 소개해주었다.

죄송합니다.

저도 자기소개를 한 적이 없고 저쪽에서 소개한 적도 없어서 이름은 몰랐어요.

이전에도 주변 마도사분들의 태도를 보고 인텔리 안경님은 높은 분이 아닐까 생각했는데, 부사단장님이었구나.

어쩐지 납득이 갔다.

그보다 호크라는 성이 신경 쓰였는데, 단장님과 형제인 걸까?

궁금증이 표정에 드러났는지, 내 옆에 앉아 있던 소장님이 "알베르트의 형이야"라고 조용히 가르쳐주었다.

"그럼 미리 전해드린 대로 오늘은 당신을 감정하고 싶습니다."

"네."

자기소개를 마친 후, 곧바로 오늘의 본론인 감정 이야기로 들어갔다.

마침내 때가 된 것이다.

이전에 주드가 말해주었던 감정 마법에 대한 내용과 비슷한 설명을 들었다.

감정 마법은 사람에게도 쓸 수 있지만, 상대가 승낙하지 않으면 튕기는 경우가 있기도 하고 감정을 받는 사람의 기초 레벨이 감정하는 사람보다 높으면 거의 확실하게 튕긴다고 한다.

사단장님은 미소를 지으며 마음을 편하게 가지라고 말했다.

가능한 한 노력은 해볼게요…….

"그럼 하겠습니다."

"네."

"『감정』."

내키지는 않지만 가능한 한 튕겨내지 말자는 생각으로 얌전히 감정 마법을 받아들였다.

감정 마법을 받고 있는 탓인지 순간적으로 뭐라 형언할 수 없는 느낌이 들었다. 그러나 곧이어 무언가가 튕겨나가는 듯한 느낌이 들더니 미묘하게 기분 나쁜 느낌이 잦아들었다.

어라, 혹시 감정 마법이 튕겨나간 건가?

놀라서 주위를 둘러보자 마법을 걸었던 사단장님뿐만 아니라 다른 두 사람도 놀라고 있었다.

소장님은 의아한 시선으로 쳐다보기까지 했다.

잠깐, 나는 확실하게 튕겨내지 않으려고 조심했다고요!

"세이……."

"거부하지도 않았거니와 거부하지 않으려고 신경 썼어요."

소장님이 어이없다는 듯이 쳐다보았지만 억울했다.

나도 거부한 적이 없으니 침착하게 마주 보았다.

우리의 모습을 보던 사단장님이 놀란 표정을 얼버무리듯 생긋 웃으며 물었다.

"거부하시지는 않았지요?"

"네."

고개를 끄덕이자 사단장님이 턱에 손을 대며 고개를 숙였다.

그리고 잠시 생각에 잠겨 있다가 이쪽을 쳐다보았다.

"거부하시지 않았다면 남은 건 당신의 레벨이 저보다 높은 경우겠네요."

"네."

"실례지만 기초 레벨을 물어봐도 될까요?"

그쪽으로 결론짓겠지. 이해해요.

내가 거부하지 않았으니 마법이 튕겨나간 건 분명 다른 이유 때문이리라.

아마 나의 기초 레벨은 사단장님보다 더 높을 것이다.

제3기사단의 기사님들도 대부분 기초 레벨이 나보다 낮은 사람들뿐이었는데, 대체로 레벨이 30대인 사람이 많았다.

그 점을 고려했을 때, 단장님이나 사단장님 정도면 레벨이 40대 정도 되지 않을까.

그렇다면 나의 기초 레벨이 55니까 적어도 6레벨은 차이가 날지도 모른다.

그나저나 기초 레벨이라.

예전에 주드나 기사님들께 물어봤을 때 그냥 가르쳐주었으니, 이 정도는 말해도 문제없을 것 같은데.

나는 그렇게 생각하며 입을 열었다.

"55예요."

솔직하게 말하자 삼인삼색의 반응이 돌아왔다.

사단장님은 미소를 띤 채 굳었고 인텔리 안경님은 눈을 휘둥그레 떴으며 소장님은 입을 떡 벌렸다.

소장님, 표정이 엄청난데요?

"55……인가요……."

제일 먼저 다시 움직이기 시작한 사단장님이 확인하듯이 중얼거렸다.

고개를 끄덕이자 사단장님은 하하하 웃었다.

"확실히 그 정도 레벨이면 튕겨 나오겠네요."

"너, 기초 레벨이 그렇게나 높았던 거야……?"

사단장님은 어쩐지 기쁜 듯이 웃었고, 소장님은 어이가 없다는 눈으로 나를 보았다.

그런 눈으로 보셔도 난감해요. 원래 그랬으니까.

"그렇군요. 이거 곤란하게 됐네요."

사단장님은 그렇게 말했지만 전혀 곤란한 얼굴이 아니었다.

"『감정』을 할 수 없으니 이제 고전적인 방법으로 확인할 수밖에 없는데……."

"고전적인 방법이요?"

"예."

그 말에 소파에서 슥 일어난 인텔리 안경님이 사단장님의 책상에서 펜과 종이를 들고 오더니 내 눈앞에 놓았다.

내가 가만히 쳐다보고 있자 사단장님이 설명을 해주었다.

인물에게 감정 마법을 쓸 수 있는 마도사가 없을 때에는 자가 신고로 스테이터스를 확인한다.

물론 지금도 사단장님이 모든 사람을 확인하는 건 아니었기 때문에 대부분은 이런 방법으로 확인한다고 한다.

기본적으로 왕궁에서 일하는 사람들은 모두 사전에 신고하는 모양이다.

지니고 있는 스킬의 종류나 레벨 등은 추후 승진과도 관련이 있기 때문에, 개중에는 과대 포장을 해서 신고하는 사람도 있다. 그런 수상한 사람들에게는 기습 시험 같은 걸 실시해서 본인이 신고한 스테이터스가 옳은지 체크하는데, 마법 스킬의 경우 신고한 레벨에서 사용할 수 있는 속성 마법을 여러 시험관 앞에서 실제로 사용하게 하는 방법으로 확인한다고 한다.

지금의 사단장님 때부터는 그가 직접 감정 마법을 쓰면 되기 때문에 시험을 칠 필요가 없어진 듯하지만.

"다들 스테이터스는 공개하시나요?"

"아니요. 기본적으로는 기밀 정보로 취급합니다."

살짝 신경이 쓰여서 그에게 물어보았다.

일본에서는 개인 정보에 해당하는 듯한데, 주드나 기사님들을 보면 그리 감추는 것 같지도 않았다.

사단장님의 말에 의하면 신고한 스테이터스는 기밀 정보로 다루지만, 유익한 스킬을 보유하면 승진하기 쉽기 때문에 왕궁에서는 스스로 떠들고 다니는 사람도 적지 않다나.

"그렇군요."

나는 짧게 한마디 대답한 뒤에 다시 종이를 보았다.

으음, 어떻게 하지. 쓰는 편이 좋을지도 모르지만……

내가 움직이지도 않고 가만히 종이만 보고 있어서 그런지, 나머지 세 사람 또한 한마디도 하지 않았다.

대화가 끊긴 방 안은 쥐 죽은 듯 고요했다.

이곳에 오기 전까지 소장님과 앞으로의 일에 대해 이런저런 이야기를 나누었지만, 아직도 마음이 흔들렸다.

지금 스테이터스를 적으면 앞으로는 【성녀】로서 행동할 수밖에 없다.

그럼 거짓말을 해야 하나?

주드를 비롯해 다른 사람들에게 스테이터스에 대해 어느 정도 물어보기는 했지만, 이 나라의 평균적인 스테이터스가 어느 정도인지는 모른다.

자칫 이상하게 썼다가는 꼬리를 밟힐 수도 있다.

"내키지 않나요?"

잠시 고민하고 있자 사단장님이 말을 걸었다.

고개를 들어 사단장님을 보니 그는 온화한 미소를 짓고 있었다.

"그럼 쓰지 않아도 됩니다."

그 말에 사단장님의 옆에 앉아 있던 인텔리 안경님이 깜짝 놀란 듯 눈을 동그랗게 떴다.

옆을 보자 소장님도 마찬가지였다.

"그래도 되나요?"

"상관없습니다."

"사단장님."

인텔리 안경님이 당황스러워하며 말을 걸었지만, 사단장님은 말을 철회하지 않았다.

그는 억지로 신고를 받아내도 그게 올바른지 아닌지 이쪽이 확인할 방법이 없다고 말했다.

확실히 그 말이 맞긴 하지만, 정말 그래도 될까?

인텔리 안경님과 소장님의 반응을 보면 좋지 않은 것 같은데.

마법 스킬이라면 어느 정도 조사할 수는 있겠지만, 그것도 괜찮은 걸까.

입 밖으로 소리 내어 말하지는 않았으나, 의아한 표정으로 사단장님을 바라보자 그는 조금 더 깊게 미소 지었다.

"그 대신, 마법을 사용하는 모습을 보여주실 수 있겠습니까?"

아, 마법 스킬은 확인하는구나.

이미 여러 사람이 병원에서 마법을 쓰는 모습을 목격했으니, 그 정도는 괜찮을 듯했다.

고개를 끄덕이자 사단장님은 "그렇다면……." 하고 절차를 설명해주었다.

이번에는 병원에서도 사용했던 『힐』을 쓰기로 했다.

이곳에 환자는 없었지만, 건강한 사람에게 걸어도 문제는 없다고 한다.

그런데 『힐』이면 되는 건가요?

이 마법은 성 속성 마법 중에서도 가장 먼저 배우는 기초 마법이다. 성 속성 마법의 레벨이 올라가면 위력도 올라가지만, 건강한 사람에게 걸면 수치와 현상 등 대부분의 효과를 확인하기 어려우니 스테이터스로 표시되는 레벨을 확인하는 건 어려울 텐데.

"『힐』로 성 속성 마법의 레벨을 확인하는 건가요?"

"아뇨, 확인하고 싶은 건 다른 겁니다."

이상하다는 생각에 그렇게 물었다. 하지만 사단장님은 레벨을 확인하고 싶은 게 아니었던 모양이다.

이세계에서 소환된 사람이 마법을 쓸 때와 이쪽 세계의 사람이 마법을 쓸 때 차이가 있는지 확인하고 싶다는데, 과연 차이 같은 게 있을까?

주드가 마법을 쓰는 모습을 본 적이 있지만, 물 속성 마법과 성 속성 마법은 겉보기에 너무 많이 달랐다.

유감스럽지만 누군가가 성 속성 마법을 쓰는 모습은 본 적이 없다.

먼저 이쪽 세계 사람이 쓰는 걸 보고 싶다고 말하고 싶었지만, 그건 짐작 가는 바가 있다고 스스로 말하는 것과 마찬가지이리라.

그렇지 않아도 스테이터스를 쓰는 것도 주저했으니.

골똘히 생각해보아도 결론이 나지 않았다.

뭐, 최악의 경우에는 만약 현저한 차이가 난다 해도 이세계에서 왔기 때문이라거나 기초 레벨이 높기 때문이라는 등 적당히 변명하면 어떻게든 될 것이다.

그렇게 생각하며 얌전히 마법을 쓰기로 했다.

나는 마법을 외우기 위해 집중했다.

특별히 사람을 지정해준 건 아니니 나를 대상으로 삼았다.

『힐』을 발동하자 희미하게 빛나는 하얀 안개가 내 몸을 둘러쌌다.

여전히 하얀 안개 속에서 금빛이 반짝거려서 아름다웠다.

"이것이 바로……."

조그맣게 중얼거리는 소리가 들려와서 그쪽을 쳐다보니 인텔리 안경님이 눈을 동그랗게 뜨고 놀란 표정을 짓고 있었다.

역시 뭔가 차이가 있나?

다른 두 사람을 보자, 사단장님은 눈을 빛내며 쳐다보는 중이었고 소장님은……, 평소와 똑같았다.

특별히 마음에 걸리는 점은 없었는지, 그는 사단장님과 인텔리 안경님의 반응을 신기하다는 듯 바라보고 있었다.

"차이가 있나요?"

"예."

사단장님에게 물어보자 그는 약간 흥분한 듯 고개를 끄덕였다.

"보세요."

사단장님은 그렇게 말하며 『힐』을 외쳤다.

나처럼 자기 자신을 대상으로 삼은 건지 그의 몸이 하얗게 빛났다.

빛이 나라진 뒤에 그가 "알겠어요?"라고 물어보았지만 어디가 다른 건지 잘 모르겠다.

고개를 젓자, 사단장님은 다시 한 번 『힐』을 외쳤다.

조금 전과 똑같이 사단장님의 몸이 하얗게 빛났는데……, 어라?

문득 신경이 쓰이는 점이 있어서 나도 나에게 『힐』을 걸었다.

똑같이 하얗게 빛났지만, 내 주위의 빛 속에는 금빛도 섞여 있었다.

"알아차리셨나요?"

"네."

사단장님의 말에 따르면, 내가 치료한 제2, 제3기사단 사람들이 마법이 발동되었을 때 평소와 다른 느낌이 들었다는 보고를 했다고 한다.

다른 마도사들이 마법을 걸었을 때에는 사단장님과 똑같이 그냥 하얗게 빛날 뿐, 나처럼 반짝거리는 빛이 섞여 있지 않았다나.

마법을 발동시키면 속성 마법의 마력이 보이기도 하는데, 하얀 빛은 성 속성 마력이고 다른 속성의 마력도 다른 색깔의 빛으로 보이는 경우가 있는 듯하다.

원래 마력 감지 훈련이라도 하지 않으면 마력이 보이지 않는다고 하지만.

사단장님은 이세계에서 넘어온 게 원인인지, 아니면 다른 원인이 있는 건지 불분명하다고 말했다.

이야기를 듣고 있다가 궁금해졌는데, 아이라의 스테이터스는 아직 확인하지 않은 걸까?

그런 생각에 물어보자 아직 안 했다는 대답이 돌아왔다.

그렇다면 아이라의 감정이 끝난 뒤에 그쪽 결과를 나에게 알려주었으면 좋겠다고 생각했지만, 상세한 스테이터스는 일단 기밀 정보이기 때문에 가르쳐줄 수 없는 듯했다.

단, 반짝거리는 원인은 나와 관련이 있으니 판명되면 바로 가르쳐준다고 한다.

이번 일로 내 마력이 이 나라 사람들과 다르다는 걸 알았다.

소환되고 나서 겪었던 이런저런 일들, 특히 5할 증폭 저주의 원인을 어쩐지 알게 된 것만 같았다.

돌이켜보면 저주의 대상은 마력과 관련된 게 많았었지…….

그걸 깨달은 나는 마음속으로 한숨을 내쉬었다.

◆ ◆ ◆

궁정 마도사단에서 감정을 하고 나서 이틀 뒤, 왕궁에서 사자가
왔다.

지금까지 왕궁에서 몇 번씩이나 심부름꾼이 왔었지만, 이번에는
평소와 다르게 소장님이 연구소 입구까지 마중을 나갈 정도로 격
식을 차린 모양새였다.

나도 소장님에게 불려 함께 마중을 나갔다.

소장님과 사자는 연구소 입구에서 딱딱한 대화를 나누었고, 그
후에는 다 같이 소장실로 이동했다.

이렇게 호들갑스럽게 사자가 찾아온 건 국왕 폐하께서 나에게 편
지를 보냈기 때문이었다.

편지 내용을 요약하자면 내일 만나고 싶다는 말이 적혀 있었다.

으음, 알현이라는 건가?

"소장님."

"왜?"

"폐하와 만나러 갈 때 입을 옷이 없어요."

편지를 읽자, 폐하와 처음 만났을 때 나눴던 대화 내용이 떠올랐
다.

그때 공식적인 사과가 어쩌고저쩌고 말했으니 그건가, 싶었던 것
이다.

아니, 그렇게 호들갑스러운 사과는 필요 없다고 거절한 것 같은
데 안 통했던 걸까?

이 나라의 기본적인 매너는 리즈에게 조금 배웠지만, 국왕 폐하

26

를 알현할 때 견딜 수 있을 만큼 배운 건 아니었다.

그래서 옷을 핑계로 거절하려고 했는데 실패로 끝났다.

"세이 님께서 뭔가를 준비하실 필요는 없습니다. 모두 왕궁에서 준비하겠습니다."

사자가 이렇게 말한 것이다.

어쩔 수 없이 매너를 다 익히지 못해서 불안하다고 솔직하게 말하며 거절했으나, 그는 문제없으니 꼭 와달라며 말을 끝맺었다.

나는 사자의 공손한 태도에서 일말의 불안을 느꼈다. 그러나 더이상 주저하는 것도 문제가 될 것 같아서 승낙했다.

거절해도 괜찮았을지 모르지만, 그렇게 되면 더욱 큰일이 벌어질 것만 같았다.

폐하와 도서실에서 만났을 때, 그는 영토나 작위 등 이런저런 걸 건네주려고 했다. 이 제안을 거절했다가 내가 아직도 화를 내고 있다는 인식 하에 그런 걸 준비하기라도 하면 무척 곤란하다.

분명 감당할 수 없을 테니까.

그리고 너무 거절했다가 소장님에게 민폐를 끼치게 되는 건 아닐지 걱정이 되었다.

연구소 입장에서 폐하는 상위 조직의 수장에 해당한다.

이세계에서 소환된 나는 그렇다 쳐도, 소장님은 원래 이 나라 사람이니 뭔가 문책을 당할지도 모른다.

문책을 당하지 않는다 해도 나와 상사 사이에 끼여서 고생할 것이다.

이게 바로 중간 관리자의 힘든 점이다.

소장님에게는 이래저래 신세를 지고 있는데, 이런 일로 폐를 끼치고 싶지는 않다.

하긴, 이런 걱정을 하고 있다고 소장님께 말한들 그는 '걱정하지 마'라는 한마디로 끝낼 것 같지만.

사자가 온 다음날.

나는 아침 일찍 왕궁으로 이동해 알현 준비를 시작했다.

국왕 폐하와 만나는 것이기 때문에 이런저런 준비가 필요한 듯했다.

이렇게 아침 일찍 준비할 필요는 없지 않느냐는 나의 의견은 사자가 단호하게 기각해버렸다.

왕궁에는 호텔의 스위트룸처럼 침실과 거실이 이어진 넓은 방이 준비되어 있었는데, 방에 들어가자마자 대기하고 있던 시녀들이 몰려왔다.

그녀들은 방에 딸린 욕실로 나를 데려가더니 눈 깜짝할 사이에 옷을 벗기고 목욕을 시켜주었다.

매일 연구소에서 목욕을 하니 아침부터 또 할 필요는 없을 것 같았지만, 시녀들이 그건 절대로 양보할 수 없다고 했다.

그녀들은 머리부터 발끝까지 나를 직접 구석구석 씻겨주었다.

부끄럽기 짝이 없었으나 이미 겪어본 적이 있는 일이었다.

소환된 직후 잠시 왕궁에서 살 때, 똑같은 경험을 해봤으니까.

익숙해지는 건 참 무섭다.

이 방에 있는 시녀들은 내가 이곳에 소환되고 나서 배정받은 방에 딸린 사람들이었기 때문에 부끄러움을 견딜 수 있었던 건지도 모른다.

목욕을 끝낸 뒤에는 시녀들이 또 다시 정성스럽게 온몸을 마사지해 주었다.

제라늄이나 베르가못 등의 정유를 넣은 바디 오일을 사용한 덕분일까. 방 안에 좋은 향기가 퍼졌다.

다들 숙련된 솜씨를 지니고 있어서 그런지 시녀들의 마사지는 무척 기분이 좋았다.

아침 일찍 일어나기도 했으니 조는 건 어쩔 수 없는 일이었다.

마사지를 다 받고 멍하니 있는 동안, 어느새 화장까지 다 끝낸 상태였다.

세이 님, 하고 부르는 소리에 정신을 차리고 거울을 보자 '이게 도대체 누구야?'라고 말하고 싶을 만큼 잘 꾸며진 내가 비쳤다.

머리도 평소처럼 풀어놓은 상태였는데 향유를 발라 정성껏 빗질한 덕분인지 엔젤 링이 생겼다.

시녀들도 임무를 다 완수했다는 듯 완성품을 보며 만족스러워했다.

몸 단장 준비가 끝났으니 이제 옷을 갈아입는 것만 남았다.

시녀들이 펼쳐놓은 옷은 예상했던 드레스가 아니라 광택이 있는 하얀 천에 우아한 금사 자수가 놓인 로브였다.

지금까지는 어디 사는 고위 귀족 영애냐며 딴죽을 걸고 싶을 만큼 준비해주었기 때문에 조금 놀랐다. 틀림없이 허리를 졸라 맨 드레스를 입힐 거라 생각했으니까.

로브는 궁정 마도사단 사람들이 입었던 옷과 비슷했지만 더 호화로웠다.

계속 바라보고 있으려니……, 어쩐지 엄청나게 성녀 같다는 생각이 들었다.

무심코 표정이 굳었다.

감정을 받을 때【성녀】라고 확정될 만한 행동을 한 기억은 없다.

하지만 그날 있었던 일들을 떠올려보니, 새삼 꽤나 검정에 가까운 회색처럼 행동했다는 생각이 들었다.

결국 스테이터스를 쓰지 않았으니 켕기는 구석이 있는 것처럼 보였을 게 분명하다.

실제로 켕기는 구석이 있기도 하고.

내 태도를 보고 이런저런 추측을 한 건지, 왕궁에서는 나를 벌써 【성녀】로서 취급하고 있는 듯했다.

그런 생각을 하고 있는데 시녀들이 옷을 착착 갈아입혀 주었다.

모든 준비를 마치자【성녀】가 전신 거울에 비치고 있었다.

응.

무슨 소리냐고?

나도 깜짝 놀랐다.

후광이 비치는 게 아닐까 싶을 만큼 청렴한【성녀】처럼 보였으니까.

이게 누구냐고 트집을 잡고 싶었다.

"아름다우세요."

"감사합니다."

시녀들 중에서도 리더로 보이는 사람이 칭찬해주었다. 나는 그들의 솜씨가 뛰어난 덕분이라고 생각했기 때문에 솔직하게 감사를 표했다.

이곳에 오고 나서 피부가 상당히 깨끗해졌다고 자화자찬했지만,

전문적인 사람이 직접 꾸며주니 한층 더 엄청난 결과가 나왔다.

피부가 더욱 밝아진 걸 보니 기뻐서 텐션이 조금 올라갔다.

엄청나다는 생각을 하며 거울에 얼굴을 가까이 대고 자세히 쳐다보고 있는데 손님이 왔다는 전언이 들어왔다.

이미 다른 사람들 앞에 나서도 부끄럽지 않은 차림새를 갖췄기 때문에 문제가 될 건 없었다. 나는 방에 들어와도 괜찮다고 말했다.

침실에 있었던 나는 다시 한 번 거울로 전신을 확인하고 나서 거실로 향했다.

"호크 님?"

거실에 들어가니 단장님이 소파에 앉아 있는 모습이 보였다.

어라, 무슨 일이지?

눈을 동그랗게 뜨고 쳐다보자 단장님이 자리에서 일어나더니 이쪽으로 다가왔다.

"안녕, 세이."

"안녕하세요. 저……, 무슨 일이세요?"

미묘한 말투로 물어본 탓일까. 단장님은 순간적으로 고개를 갸웃했지만, 그는 곧바로 내가 뭘 묻고 싶어 하는지 눈치챈 것 같았다.

그는 이제부터 폐하를 만나러 가게 될 테니, 폐하가 계신 방까지 나를 경호하러 왔다고 말해주었다.

경호라니?!

잠깐, 왕궁 안에서 이동하는 것뿐인데 필요 없지 않나?

깜짝 놀란 내 모습을 본 단장님은 곤란하다는 듯이 웃었다.

"혼자 있으면 불안할 거라 생각했는데, 괜한 걱정이었나?"

"아, 아니요?! 그렇지 않아요!"

"그렇다면 다행이군."

"저, 감사합니다."

황급히 고개를 젓자 단장님이 안심한 듯한 표정을 지었다.

아무리 이 나라 사람이라고 해도 처음으로 국왕 폐하를 알현하면 긴장한다고 한다. 그런 이유로 단장님은 그럴 때 가까이에 아는 사람이 있으면 조금이라도 든든하지 않을까 싶어서 일부러 와준 모양이었다. 알현 이야기는 소장님한테 들었다는데, 단장님이 말하기로는 소장님도 꽤 걱정하고 있는 듯했다.

두 사람의 배려에 마음이 따뜻해졌다.

고마워요.

마음속으로 감사의 말을 하고 있는데, 단장님이 나를 쳐다보는 게 느껴졌다.

"왜 그러세요?"

"아니……. 평소와 다르긴 하지만 오늘도 예쁘다는 생각이 들어서……."

궁금해서 물어보자 단장님은 잠시 머뭇거리더니 부드럽게 미소 지으며 폭탄을 던졌다.

요즘 소장님의 공격에는 조금 익숙해졌지만, 단장님은 단장님 나름대로 공격력이 강했다.

뺨을 살짝 붉히면서 조금 자제하는 목소리로 그런 대사를 할 줄이야!

순간적으로 확 소리가 나지 않았을까 싶을 만큼 엄청난 기세로 뺨이 붉어지는 게 느껴졌다.

그러니까, 나는 칭찬에 익숙하지 않다고요!

나는 소리를 지르고 싶은 마음을 억누르며 얼굴을 숨기기 위해 고개를 숙였다.

단장님의 얼굴을 마주 볼 수 없다는 것도 그 이유 중 하나였다.

"세이……."

단장님이 한 걸음 거리를 좁혔고, 그가 손을 드는 모습이 시야에 들어왔다.

단장님의 손이 내 뺨에 닿을 것만 같았다. 나는 눈을 꼭 감았다.

"시, 시녀들이 힘을 써주셔서……."

거기까지 말하고 나니 문득 시녀들이 있었다는 게 생각났다.

나, 나도 참. 사람들 앞에서 무슨 이상한 분위기를 연출하고 있었던 거야?!

황급히 주변을 둘러보니 벽 옆에 서서 대기하고 있던 시녀들이 이쪽을 힐끔힐끔 쳐다보고 있었다.

눈이 마주치자, 그녀들은 황급히 시선을 돌렸다.

보고 있었구나…….

아, 쥐구멍이 있다면 들어가고 싶어…….

머리를 감싸 쥔 채 그 자리에 주저앉고 싶은 기분을 느끼고 있는데 누군가가 방문을 두드렸다.

그 순간, 방 안에 가득 차 있던 뭐라 형언할 수 없는 분위기가 흐트러졌다. 시녀들이 곧바로 대응하고자 움직이기 시작했다.

단장님도 손을 내렸다. 그 모습을 보니 안심이 되기도 하고 어쩐지 아쉽기도 해서 기분이 복잡했다.

노크를 한 사람은 문관이었다. 알현 준비가 다 되었다고 부르러 온 모양이었다.

나는 시녀들의 배웅을 받으며 문관을 따라 옥좌의 방까지 갔다.

내가 있던 방에서 거리가 꽤 있는 듯, 긴 복도를 잠자코 걸어갔다.

혼자였다면 이 사이에 점점 더 긴장감을 품었겠지만, 다행히도 내 바로 뒤에 단장님이 계신 덕분에 비교적 마음이 침착했다.

옥좌의 방으로 들어가는 문 앞에 도착하자, 문관이 방에 들어가서 어떻게 해야 하는지 절차를 설명해주었다.

불시에 내팽개쳐지는 게 아니라 다행이다…….

심호흡을 한 번 하고 나니, 방 앞에 서 있던 근위병이 문을 열었다.

옥좌의 방은 생각보다 좁았다.

무척 넓은 방으로 안내될 거라고만 생각했기에 조금 놀랐다.

그리 넓지 않은 방을 둘러보니 귀족처럼 보이는 사람 열 몇 명이 서 있었고, 방 안쪽 중앙에 놓인 옥좌에 국왕 폐하가 앉아 있었다.

폐하 옆에 있는 사람은 재상님일까?

짙은 감색 머리카락을 뒤로 딱 붙여 넘긴 아저씨가 딱딱한 표정으로 서 있었다.

뒤에서 따라오던 단장님은 방에 들어오고 나서 내 옆을 떠나 귀족들 쪽으로 이동했다.

순간 단장님과 시선이 마주쳤다.

그가 괜찮다는 듯이 눈으로만 웃어주었다.

일단 이곳에 들어오기 전에 문관이 가르쳐준 대로 방의 한가운데로 나아갔다.

여기서부터는 대본이 없다.

문관이 가르쳐준 건 여기까지다.

미묘하게 팽팽한 분위기에 더욱 긴장이 되었다.

잠시 후, 폐하가 옥좌에서 일어나자 한층 더 분위기가 얼어붙었다.

그대로 옥좌가 놓인 단상에서 내려온 국왕 폐하는 내가 서 있는 자리에서 몇 발자국 떨어진 곳까지 왔다.

"나는 이 나라를 다스리는 지그프리트 슬란타니아다."

"세이 타카나시입니다."

폐하가 이름을 말씀해주셔서 나도 대답했다.

대본에는 없었지만 일단 이렇게 하는 게 예의겠지?

"우선 갑작스럽게 이 나라로 불러낸 것과 아들의 무례함을 사과하지."

폐하는 말을 끝낸 뒤에 고개를 깊숙이 숙였다.

주위 사람들도 그에 맞춰 나를 향해 일제히 고개를 숙였다.

잠깐만.

이 상황, 어떻게 수습해야 하지?!

내가 내심 식은땀을 줄줄 흘리고 있을 때에도, 폐하를 비롯해 모두 꼼짝도 하지 않았다.

용서할 것인지 아닌지는 일단 내버려두고, 우선 고개를 들게 해야겠지?

"고개를 들어주세요."

목소리가 떨릴 것 같았지만 꾹 참고 말하자, 모두 고개를 들었다.

방금 전까지 팽팽했던 분위기가 조금 풀어졌다.

예전에 폐하가 말했던 공식 사과겠지만, 일반 서민이 감당하기에는 힘든 일이니 앞으로는 하지 말아주길 바랐다.

이제 다 끝났다고 생각했지만, 아직 더 남은 게 있었다.

"세이 공은 이곳에 온 뒤로 오늘날까지 다양한 공적을 올렸지. 사과의 의미도 담아서 뭔가 은상을 내리고 싶은데, 원하는 게 뭔가."

"은상이요?"

갑자기 그런 질문을 받은들 떠오르는 게 없었다.

사과만으로 끝날 거라 생각했기도 하고.

사, 상이라니…….

그러고 보니 예전에도 한번 물어봤지만, 딱히 필요한 건 없었다.

여기서 필요 없다고 말해도 되나?

눈빛으로 단장님을 슬쩍 쳐다봤더니 그는 미간을 살짝 찌푸리고 있었다.

단장님뿐만 아니라 주위 사람들도.

어쩐지 마른침을 삼키며 지켜보는 듯한 느낌이 들었다.

"작위든 영지든 저희가 마련할 수 있는 거라면 뭐든 괜찮습니다만."

"음, 그런 건 좀……."

내가 잠자코 있어서 그런지 재상님(?)이 먼저 제안해주셨다.

그저 고민하고 있던 것뿐이지만, 정신을 차리고 보니 한번 풀렸던 분위기가 다시 얼어붙어서 (일단)재상님과 폐하까지 심각한 표정을 짓고 있었다.

이 나라에서는 작위나 영지 같은 게 당연한 보상일지도 모르지만, 나에게는 그런 게 필요가 없다.

감당할 수도 없는 데다 그런 걸 받으면 행동이 제한될 게 분명하다. 게다가 작위나 영지를 가지고 있으면 무슨 일이 생겼을 때 이나라에서 나가기 힘들어질 터였다. 일단 받았다가 나중에 돌아가고 싶어졌다며 휙 버리고 나가는 것도 좀 그렇고.

그런 생각에 말꼬리를 흐리며 거절하자, 재상님이 한층 더 인상을 찌푸렸다.

이거, 아무것도 필요 없다고 하면 어떻게 되는 거지?

그렇게 말하고 싶었지만, 주위 상황을 살펴보자 그런 말을 해도될까 망설여졌다.

폐하께서 처음 하신 말로 짐작컨대 이번 알현의 목적은 사과다.

은상을 받는가 안 받는가에 따라 내 속마음을 헤아려보려는 건지도 모른다.

솔직하게 말하자면, 이곳에 소환된 당시에는 이래저래 화가 나기도 했지만 반년이나 지나자 그때만큼 분노가 치밀어 오르지는 않았다.

연구소에서 매일 좋아하는 일을 하며 연구에 힘쓰고 있었더니 아무렴 어떻냐는 생각이 든 것이다.

화를 내려면 상당한 기력이 필요하고 지속하기도 어려우니, 그쪽에 쓸 기력이 있으면 토대를 다지는 편에 쓰고 싶기도 했다.

연구원들과 기사분들처럼 주변에 좋은 사람들이 많아서 정에 얽매이게 된 건지도 모른다.

처음에는 당장이라도 이 나라에서 나가려고 했지만 지금은 그 정도로 심하지는 않고, 뭔가 문제가 있으면 바로 나갈 수 있게끔 준비해둘까 싶을 정도였다.

그래서 지금 사과를 받은들 딱히 감동스럽지는 않았다.

으음—.

필요 없다고 말하고 싶지만, 그렇게 말하면 이 촌극이 또다시 반복될 것만 같았다.

그럼 더욱 귀찮아진다.

무언가를 받고 이번 한 번으로 끝내고 싶다.

있어도 걸리적거리지 않을 법한 포상. 뭔가 괜찮은 것 없나?

잠시 고민하던 나는 문득 떠오른 게 있어서 입을 열었다.

"상으로 뭐든지 받아도 괜찮나요?"

"그래."

"그렇군요……. 그럼 금서고의 열람 허가를 받을 수 있을까요?"

의외의 요청이었는지, 폐하는 눈을 조금 휘둥그레 떴다.

하지만 걸리적거리지 않으면서 나에게 지금 당장 필요한 건 그거니까.

예전부터 상급 HP 포션보다 랭크가 더 높은 포션을 만들 수 없을까 조사하고 있었는데, 요즘 들어 연구가 지지부진해졌다.

왕궁 도서실에 있는 관련 서적은 대부분 독파했으니, 이제는 금서고에 있는 책을 읽는 것 정도밖에 떠오르지 않았다.

다만 일개 연구원이 금서고 열람 허가를 받을 수 있을까 싶어서 반쯤 포기하고 있었다.

그런 상황에서 상을 준다는 이야기가 나왔으니, 이용할 수밖에 없었다.

"그리고 마법에 관해 배우고 싶으니 강사를 붙여주시겠어요?"

어쩐지 하나 정도는 더 말해도 될 것 같아서 덧붙여 보았다.

마법 스킬 덕분에 나도 마법을 쓸 수 있지만, 도서실의 책을 읽으며 독학한 것뿐이니 이래저래 부족한 부분이 있는 듯했다.

원래 있던 세계에는 마법이 없었으니 가능하면 제대로 강사한테 배워보고 싶었다.

이쪽 세계에서는 마법을 쓸 수 있기만 하면 자립할 때 유리한 것 같으니까.

"알겠다. 준비하지."

결과적으로 내 요청은 받아들여졌다.

예상치 못한 일이긴 했는지, 약간 조정이 필요한 모양이었다. 모든 준비가 끝나면 곧장 은상을 받기로 했다.

무대 뒤

왕의 집무실에 노크 소리가 울려퍼졌다.

방 안에 있던 시종이 나갔다 들어오더니 방의 주인에게 손님이 왔다고 공손하게 전했다.

"궁정 마도사단의 단장인 드레베스 님께서 오셨습니다."

"알았다. 들여라."

주군의 말에 공손히 인사를 한 시종은 다시 입구로 향했다.

잠시 후, 조각처럼 단정한 얼굴에 미소를 띤 남자가 나타났다.

남자 또한 공손하게 인사를 했다.

"보고가 있어서 왔습니다."

"그래."

말수가 적은 모습에 보고할 내용을 눈치챈 국왕이 사람들을 물렸다.

방 안에는 국왕과 때마침 방에 있던 재상, 그리고 사단장만 남았다.

"【성녀】에 관한 보고인가?"

"예."

재상의 물음에 사단장은 고개를 끄덕였다.

그리고 성녀 후보인 두 사람에게 감정 마법을 시행한 결과를 보고했다.

결과를 들은 국왕과 재상은 신음하면서 입을 다물었다.

아이라의 감정은 문제 없이 끝났다고 보고한 사단장은 판명된 그녀의 스테이터스를 서류에 적어 보고서와 함께 제출했다.

문제는 다른 후보인 세이였다. 사단장의 감정 마법이 튕기는 바람에 스테이터스를 확인할 수 없었던 것이다.

국왕과 재상은 그 말을 듣고 깜짝 놀랐다.

궁정 마도사단의 사단장은 이 나라에서 가장 기초 레벨이 높고 마법이 우수한 사람으로 온 나라에 이름을 떨치고 있기 때문이었다.

감정 마법을 사람에게 사용할 경우 상대방이 승낙하지 않으면 튕길 때도 있다.

하지만 그건 마법을 쓰는 사람과 받는 사람의 기초 레벨이 같을 경우의 이야기다.

마법을 쓰는 사람의 기초 레벨이 높으면 설령 상대방이 거부한다 해도 억지로 확인할 수 있다.

따라서 왕궁 사람들은 사단장의 감정 마법이 성공하리라고 믿어 의심치 않았다.

"튕겼다는 건, 그녀의 기초 레벨이 더 높다는 뜻인가?"

"그런 듯합니다."

"그래서, 그녀의 레벨은?"

"55라고 들었습니다."

"55……."

세이의 기초 레벨은 이 나라에서 가장 기초 레벨이 높다고 하는 사단장보다도 10레벨이나 높았다.

레벨이 그렇게나 차이가 나면 튕기는 것도 무리는 아니었다.

방에 있는 사람들 모두가 그렇게 생각했다.

"그렇다면 그녀들 중 누가 【성녀】인지는 아직 모른다는 뜻인가."

재상이 심각한 표정으로 중얼거렸다.

【성녀】인지 아닌지 판별하는 방법은 여러가지가 있지만, 올바른 판별법은 확립되어 있지 않았다.

다만, 모든 시대를 통틀어 공통적으로 【성녀】가 마물을 섬멸하는 술법을 쓴다는 기록이 남아 있을 뿐이었다.

그 술법 또한 어떤 것인지 알 수 없었기에, 이번 감정을 통해 어떠한 정보를 얻을 수 있지 않을까 기대하기도 했다.

유감스럽게도 세이의 스테이터스를 확인할 수가 없어서 그 기대는 어그러졌지만…….

현재 알고 있는 정보에서 두드러지게 눈에 띄는 건 세이의 기초 레벨이 엄청나게 높다는 것과 아이라의 기초 레벨 및 스킬 레벨의 성장 속도가 이 나라 사람들보다 빠르다는 것 정도였다.

각자의 특성이 다르기 때문에, 누가 【성녀】인지 판단하기에는 자료가 부족했다.

그러나 재상이 어두운 목소리로 중얼거린 말에 사단장은 "아닙니다" 하고 대답했다.

두 사람은 퍼뜩 놀란 얼굴로 사단장에게 시선을 돌렸다.

사단장은 그들의 시선을 받으며 꾸며낸 듯한 미소를 띤 채 침묵했다.

"어느 쪽이지?"

"……아마도 세이 님 같습니다."

국왕이 짤막하게 물어보자 사단장은 잠깐 뜸을 들인 뒤에 대답했다.

그 대답을 듣고 국왕은 잠깐 숨을 죽였다가 한숨을 후우 내쉬었다.

"틀림없나?"

"추측이긴 하지만 십중팔구는요."

"그렇군."

"왜 그렇게 생각했나?"

사단장이 표정도 바꾸지 않고 대답하자, 재상은 그 말의 근거를 물었다.

질문을 받은 사단장은 청산유수처럼 설명을 이어갔다.

병원에서 세이가 성 속성 마법을 썼던 것.

그 모습을 본 기사가 평소와 다른 점이 있었다고 보고했던 것.

세이와 아이라에게 성 속성 마법을 써보라고 한 결과 각각 양상이 달랐던 것.

사단장은 그 결과를 보고 세이가 【성녀】일 것이라 판단했다고 말했다.

처음에는 사단장도 금색 입자가 섞이는 건 이세계에서 소환된 사람 특유의 현상이라 생각했다.

하지만 아이라가 마법을 썼을 때에는 이쪽 세계 사람들이 쓸 때와 양상이 똑같았다.

성 속성 마력은 그저 하얗게 빛날 뿐 세이처럼 금색 입자가 섞이지는 않았다.

그래서 사단장은 세이가 마법을 쓸 때 나타나는 현상이 이세계에서 온 사람이라 특수한 게 아니라 그녀만의 특수한 능력일 가능성이 높다고 결론을 내렸다.

"금색 마력은 아마 【성녀】 특유의 것인 듯합니다. 또, 세이 님은 마력과 관련된 일이라면 보통 사람들보다 능력이 더욱 뛰어나신데, 그 부분에서도 아이라 님과는 다릅니다."

"그렇군."

　설명을 들은 국왕은 고개를 끄덕이더니 무언가를 생각하는 듯이 책상 위로 시선을 떨구었다.

"수고했다. 물러가도 좋네."

"예, 실례하겠습니다."

　사단장이 방에서 나간 것을 확인한 뒤, 재상이 입을 열었다.

"음, 난감해졌네요."

"그렇군. 그 아이는 여전한가?"

"아들의 말로는 그런 듯합니다."

　국왕은 재상의 이야기를 듣고 무거운 한숨을 내쉬었다.

　그 아이란 제1왕자를 뜻했다.

　【성녀 소환 의식】을 총괄했던 제1왕자는 아이라가 의식으로 소환되자마자 즉시 그녀의 후견인이 되었다.

　후견인이 된 제1왕자는 아이라를 보호하는 데 정력적으로 힘쓰고 있었으나, 요즘 들어 지나치게 매진한 나머지 다른 사람들과 충돌이 생기곤 했다.

　그 일은 주변 사람들의 보고를 통해 국왕의 귀에도 들어와 꽤나 골치를 썩이고 있었다.

물론 국왕도 그 건에 대해 제1왕자에게 몇 번인가 충고하기는 했다.

하지만 제1왕자는 그 자리에서만 이야기를 듣는 척할 뿐 태도를 고치지 않았다.

차라리 제1왕자와 아이라를 강제로 떨어뜨려 놓아야 하는 게 아닌가 하는 의견도 나올 정도였다.

하지만 그 또한 왕위 계승 문제가 얽혀 있었기 때문에 실행하기 힘들었다.

달리 중요한 안건이라도 생기면 그쪽을 돌보라는 명목으로 떼어 놓을 수 있겠지만, 유감스럽게도 긴급한 안건 또한 없었다.

이런 상황에서 이유도 없이 억지로 두 사람을 떼어놓는다면, 그것이 제1왕자의 흠이 되는 동시에 제2왕자를 지지하는 세력에 힘을 실어주게 될 것이다.

그렇다면 지금까지 수면 밑에 가라앉아 있던 왕위 계승 문제가 표면으로 올라올지도 모른다.

상층부에서 그렇게 결론을 내린 뒤로 이번 일은 고착 상태에 빠져 있었다.

그리고 제1왕자에게는 또 다른 문제도 있었다.

무엇이 원인인 건지, 제1왕자는 의식을 행했을 때 동시에 소환된 세이를 알아채지 못하고 그곳에 방치한 것이다.

그 결과, 세이의 분노를 샀고 나중에 주변 사람들이 대처하느라 고생했다는 경위가 있었다.

이번 사단장의 보고로 세이가【성녀】라는 게 거의 확정되었다.

이렇게 되면 그녀가 이 나라에 화를 내는 상황은 큰 문제가 된다.

그리고 그 원인이 된 제1왕자를 바라보는 시선도 더욱 냉엄해질 것이다.

"슬슬 각오를 해야겠군……."

국왕이 혼잣말처럼 불쑥 중얼거렸고 재상은 그저 조용히 그 모습을 바라보았다.

세이가【성녀】든 아니든 관계 없이, 그녀는 이 나라에 몹시 유익한 존재라는 사실이 판명되었다.

그런 이유로 지금까지의 공적에 대한 은상과 제1왕자의 무례한 행동에 대한 사과가 필요하다는 의견이 나오고 있었다.

이번에 세이가【성녀】라는 게 거의 확실시되었으니, 그런 의견들은 더욱 커질 것이다.

"정식으로 사과해야겠군. 준비는 어떻게 되어가나."

"준비는 거의 다 되었지만 이번 일로 다소 수정해야 할 부분이 생길 것 같습니다."

"그렇군. 소환한 뒤로 벌써 상당한 시간이 흘렀어. 가능한 한 빨리 준비를 갖추도록."

"알겠습니다."

국왕의 말에 재상이 공손하게 고개를 숙이며 대답했다.

잠시 침묵이 흘렀고, 국왕은 "세이 님 말인데……."라며 입을 열었다.

"앞으로는【성녀】로서 대우해야겠지만, 그리 호들갑스럽게 하지는 않는 편이 좋겠군."

"그렇습니까?"

"그래. 예전에 잠깐 대화를 할 기회가 있었는데, 야단스러운 건

썩 좋아하지 않는 듯했어. 귀족들이 원할 법한 물건을 은상으로 받는 건 어떠냐고 열거해봤는데 모두 거절하더군."

"그것 참……, 어렵군요. 가능하면 작위나 영지를 받게 해서 이 나라에 머무르게 하고 싶습니다만."

"그것도 거절하더군. 그들은 상당히 고등 교육을 받은 것 같다는 보고를 들었네. 의외로 우리의 그런 속셈까지 꿰뚫어보고 있을지도 모르지."

국왕은 자조적으로 웃었으나, 그 이야기를 들은 재상은 머리가 아프다는 듯 한쪽 손으로 이마를 짚으며 고개를 살짝 저었다.

그러고 나서 정식으로 사과하기 위해 알현의 세부 사항을 의논했다.

규모는 어느 정도로 할지, 누구를 출석시킬지 등, 앞으로 세이를 어떻게 대우할 건지 감안한 내용이었다.

마지막으로 외국에서 온 사자와 만나는 알현실이 아니라 그보다 규모가 작은 옥좌의 방으로 알현 장소를 정했다. 알현에는 국왕과 재상 외에 각 대신들과 기사단의 단장 등 상층부만 출석하기로 결정했다.

최대한 세이를 배려하는 한편, 국왕 쪽의 의도도 다분히 포함시킨 결과였다.

◆◆◆

"다녀왔습니다."

그렇게 말하며 궁정 마도사단의 사단장실로 들어온 사람은 방 주

48

인인 유리였다.

사단장실에는 유리의 집무용 책상 외에도 부사단장인 에어하르트의 책상이 있었는데, 그의 책상이 사단장실에 있는 이유는 원래 사단장이 해야 하는 작업의 대부분을 그가 처리하기 때문이었다.

유리는 어렸을 때 전 궁정 마도사단의 사단장에게 그 재능을 인정받았고, 그 후 그의 양자가 되었다.

그리고 원래 지니고 있던 재능과 전 사단장의 영재 교육에 의해 훌륭한 마법 연구가로 성장했다.

그야말로 마법에 관한 일이라면 눈빛이 바뀔 정도로.

아카데미를 졸업한 후, 그는 그대로 궁정 마도사단에 배정되어 기꺼이 마법 연구에 몰두했다.

그의 기초 레벨이 왕국에서 으뜸인 이유도 연구 때문이었다.

마법 연구를 진행하기 위해서는 마법 스킬의 레벨을 올려야 하는데, 그 과정에서 기초 레벨이 올라간 것이다.

유리는 연구를 위해서라면 혼자 토벌하러 가는 것도 마다하지 않았기 때문에, 마도사에게 썩 어울리지 않는 전투광이라는 별명이 붙었다.

그는 어느새 궁정 마도사단 안에서도 타의 추종을 불허할 정도로 마법에 정통하게 되었다.

명예로운 궁정 마도사단의 사단장이라는 직함은 사실 유리를 왕궁에 붙잡아두기 위한 목줄이었다.

사단장이 되면 마음대로 마법을 연구할 수 있다.

단지 그런 이유로 유리는 사단장이 되었다.

그 때문인지 마법 연구는 해도 사단장으로서의 업무는 최소한도로 필요한 만큼만 했다.

유리는 자신의 흥미를 끄는 것 이외에는 꽤나 무심했다.

그리하여 그를 보좌하기 위해 에어하르트가 동원된 것이다.

"보고하고 왔어."

"스테이터스에 관해 추궁하지는 않았고?"

"딱히 그러지는 않았어. 기초 레벨은 물어보길래 말해주긴 했지만."

"그렇군."

"세이가【성녀】인 것 같다고 말했으니 그쪽에 더 정신이 팔린 거 아닐까?"

유리는 국왕의 집무실에 있었을 때와 달리 순수하게 웃었다. 그와 대조적으로 에어하르트는 심각한 표정을 지었다.

그러나 유리는 그 사실을 알아차리지 못한 건지 이야기를 계속 이어나갔다.

"이제 세이와 접촉할 수 있는 기회도 늘어나겠지? 그녀의 마력에 관심이 있거든."

"……."

자신들과 다른 세이의 마력이 유리의 흥미를 불러일으켰다.

가까이에서 그 마력을 관찰하고 싶다.

우리와 어떻게 다른지 연구하고 싶다.

세이가【성녀】라면 앞으로 토벌을 나가거나 할 때 접촉할 기회가 많아질 테니 마력을 관찰할 기회도 늘어날 것이다.

그런 생각에서 한 말이었다.

유리는 거기까지 말한 뒤에야 에어하르트의 표정이 심각하다는

걸 깨달았다.

유리가 쿡 웃었다.

"그렇게 노려보니 무섭네. 걱정하지마. 마력을 좀 보여달라고 할 뿐이니까."

"……."

"그녀가 상당히 마음에 든 모양이군."

"그런 게 아니야. 네 녀석이 뭔가 저지르지는 않을까 걱정하는 거다."

"어라, 그것뿐이야? 에어도 보기 드물게 평범하게 대했다고 해서 마음에 든 줄 알았는데. 그러고 보니, 에어의 동생분도 그녀를 상당히 마음에 들어 한다며."

아무리 변명을 해도 에어하르트의 표정이 바뀌지 않자 유리는 쓴웃음을 지었다.

에어하르트가 이렇게나 여자를 신경 쓰다니 신기하다.

역시 그 소문은 사실이었을까, 생각하면서.

유리는【성녀 소환 의식】직후부터 혼수상태에 빠졌다.

다만, 자신이 잠들어 있는 동안 성녀 후보들이 어땠는지에 관한 이야기는 다른 사람들에게 들어 대충 파악하고 있었다. 단순히【성녀】가 쓰는 마법이나 이세계에서 소환된 사람이 쓰는 마법 등에 관심이 있기 때문이었지만, 그 과정에서 호크가의 형제가 세이와 친하게 지낸다는 이야기도 들었다.

호크가의 형제가 여자를 거북해한다는 건 사교계에 관심이 없는 유리가 알고 있을 만큼 사교계와 왕궁에서 유명한 이야기다.

실제로 유리는 에어하르트가 귀족 영애들을 차갑게 응대하는 모습을 몇 번 본 적도 있다.

그랬던 그가 예전에 세이가 궁정 마도사단에 왔을 때에는 평범하게 대했다는 말을 들으니, 마력을 제쳐두더라도 그녀에게 약간 흥미가 생겼다.

에어하르트의 태도에 놀란 건 유리뿐만이 아니었다.

그 모습을 목격한 마도사들 또한 무척 놀랐는데, 한때 궁전 마도사단 안에서 부사단장에게 봄이 온 게 아니냐는 소문이 돌 정도였다.

물론 동생인 알베르트의 소문이 더 신빙성이 높아서 곧바로 묻혔지만.

유리는 마법에 관한 것 이외에는 거의 관심을 갖지 않는다.

같은 궁정 마도사단 사람이라 해도 흥미가 없어서 누가 있는지 거의 모른다.

유리는 전 속성 마법을 다룰 수 있기 때문에 다른 사람에게 의지해야 할 실험도 단독으로 실시해버리는 경우가 많았다. 그래서 얽히는 일이 극도로 적은 탓도 있었다.

하지만 유리를 대신해 사단장 업무를 봐주는 에어하르트는 얽히는 일이 많아서 그런지, 유리의 마음속에서는 친분이 있다고 여겨지는 사람이었다.

그렇게 생각하는 건 유리뿐일지도 모르지만.

유리도 몇 안 되는 친구 중 하나인 그의 노여움을 사는 건 피하고 싶었다.

"그녀에게 위해를 가할 수는 없지. 그랬다가는 너희 형제나 약용식물연구소 소장님 등 여러 사람의 원망을 들을 것 같으니 말이야."

유리는 웃으며 그렇게 말했지만, 에어하르트는 그의 말을 그다지 신용할 수 없었다.

유리는 연구에 관한 일이라면 어찌 됐든 푹 빠져버렸기 때문이다.

실제로 예전에 그런 이유로 문제를 일으킨 적도 있다.

표면상으로는 납득한 척했지만, 앞으로 유리가 지나치게 일을 벌이지 않도록 눈을 부릅뜨고 살펴봐야 한나. 에어하르트는 자신의 처지를 걱정하며 마음속으로 한숨을 내쉬었다.

제2막

특훈

알현이 끝나고 며칠 뒤, 문관에게 연락이 와서 은상에 대해 이런 저런 이야기를 나눴다.

그러고 나서 금서고의 열람 허가증을 얻었다.

이것만 있으면 금서고 안에 있는 **거의** 모든 책을 열람할 수 있다.

그야말로 국왕 폐하와 재상님밖에 읽지 못하는 기록이 정말 아주 일부 있는데, 그런 건 볼 수 없다고 한다.

내가 현재 읽고 싶어 하는 책은 약초에 관한 것뿐이니 딱히 문제는 없었다.

또 다른 은상인 강의에 대해서는 세부 내용이 늘었다.

이야기를 나누던 도중에 문관이 "그 외에도 배우고 싶은 게 있으시면 사양하지 말고 말씀해 주십시오"라고 했고, 나는 저도 모르게 신이 나서 그에게 이런저런 것들을 물어보았다.

생각이 나는 대로 이건 배울 수 있나, 저건 배울 수 있나 물어본 결과, 나를 배려한 문관이 수강할 수 있는 강의에 대한 서류를 건네주었다.

서류에는 각각의 강의 내용 등의 설명이 간단하게 실려 있었다.

기재된 강의의 수도 꽤 많아서, 서류를 전부 읽는 것만으로도 시간이 걸릴 것 같았다.

나는 결국 그 자리에서 결정하는 건 어려울 것 같다는 결론을 내렸다. 일단 가지고 돌아와서 수강하고 싶은 강의를 골라 문관에게 다시 연락하기로 했다.

왕궁에서 연구소로 돌아온 나는 일을 다 끝낸 뒤에 서류를 살펴보았다.

강의는 마법뿐만 아니라 슬란타니아 왕국의 역사나 주변 지역의 정세, 경제, 나아가 매너 등에 이르기까지 다양하게 있었다.

앞으로의 일을 생각하면 듣고 싶은 강의가 무척 많았다.

만약 나중에 왕궁에서 나가게 된다면 모르는 것보다는 알아두는 편이 좋을 것 같은 강의 말이다.

연구소 한쪽에 자리잡고 앉아 메모지와 펜을 들고 서류에 기재된 강의 중 듣고 싶은 것을 고르고 있는데 소장님이 가까이 다가왔다.

"뭐 하고 있어?"

"강의를 고르고 있어요."

"강의?"

"예의 그 은상이요. 문관이 마법 이외에도 배우고 싶은 게 있으면 고르라고 했거든요."

"그래?"

소장님은 거기까지 듣고 나서 내가 들고 있던 서류를 한 장 집었다.

"마치 아카데미 수업 같군."

"그런가요?"

소장님의 말에 의하면, 문관이 건네준 서류에 기재된 강의는 왕립 아카데미에서도 배울 수 있는 것뿐이라고 한다.

아카데미에도 필수 과목 이외의 선택 과목이 있는데, 그런 강의들은 지금 내가 하는 것처럼 좋아하는 과목을 골라서 들을 수 있다.

시험 삼아 필수 과목에는 어떤 게 있는지 물어보았는데, 내가 듣고 싶어 하는 강의의 대부분이 필수 과목이었다.

메모지를 한 손에 든 채 고개를 끄덕이자 소장님이 그 메모를 획 낚아챘다.

"이게 듣고 싶은 강의야?"

"네."

"흐음. 상당한 양이네."

그 말을 듣고 퍼뜩 정신을 차렸다.

일단 듣고 싶은 강의를 꼽아본 건데, 그걸 전부 들으려면 하루에 몇 시간이 필요할까?

매일 다른 과목으로 바꿔서 듣는다 해도 일본으로 치면 일주일의 대부분이 강의로 채워질 것만 같았다.

"이거, 전부 다 듣지는 못하겠죠?"

"왜?"

"전부 들으면 일을 못하니까요……."

일을 하는 동시에 선택한 강의를 전부 다 들으려면 하루가 36시간 정도는 되어야 무리가 아닐 터였다.

이쪽 세계도 하루는 24시간이다.

그중에서 또 취사선택을 해야 하나 싶어서 풀이 죽었다. 그때, 소장님이 생각지도 못한 말을 했다.

"일이라는 건 연구소 일을 말하는 거야?"

"네."

"일이라면 빈 시간에 하면 돼."

"네?"

내가 깜짝 놀라자 소장님이 설명해주었다.

원래 이 연구소에 있는 사람들은 모두 왕립 아카데미를 졸업해서 일정 수준 이상의 지식을 지니고 있다. 그에 비해 나는 자연 과학에 관해서는 그들보다 더 많은 지식을 가지고 있지만, 이쪽 세계 사람이 아니기 때문에 이 세계 고유의 것과 관련된 지식은 자세히 알지 못한다.

지금은 특례를 받아 연구원으로서 일하고 있지만, 앞으로도 연구소에서 일할 생각이라면 이번 기회에 아카데미 졸업자와 동등한 지식을 획득하는 것도 좋지 않느냐는 이야기였다.

"어차피 요즘은 연구도 꽉 막힌 상태잖아?"

"예, 그건 뭐……."

그렇다.

소장님이 말한 대로 요즘 연구 성과가 썩 좋지 못했다.

나는 지금 효과가 더욱 뛰어난 포션을 만들려고 하는 참이다.

내가 만든 5할 증폭 효과가 있는 포션이 그 발단이었다.

HP나 MP를 회복하는 포션은 상급보다 더 높은 단계의 것이 오랫동안 개발되지 않았다.

상급 포션은 무척 비싸기 때문에 수요가 적기도 했고, 그보다 더 효과가 좋은 걸 개발하는 연구는 계속 뒤로 밀린 모양이었다.

그러던 중, 똑같은 재료와 똑같은 방식으로 만들었는데도 효과가 높은 포션이 나타난 것이다. 그것이 연구원들의 연구혼에 불을 지

핀 듯했다.

마침 마물 토벌이 활발해져서 상급 이상의 효과를 바라는 목소리가 커진 것도 그 이유 중 하나였다.

모든 연구원들이 나서서 효과가 높아지는 원인을 밝히기 위해 분투했지만, 좀처럼 판명되지 않았다.

잠시 제자리걸음 상태가 이어졌고, 대부분의 연구원들은 원래 하던 연구로 돌아갔다.

하지만 지금까지 만들었던 것보다 더 효과가 높은 포션을 개발한다는 열에 들뜬 일부 사람들은 포기하지 않았다. 그들은 재료나 방식을 바꿔서라도 그것을 만들어내려는 연구를 계속 이어나갔다.

나도 그 일부에 포함된다.

줄곧 포션 효과 상승의 원인이 수수께끼였지만, 얼마 전에 궁정 마도사단에서 감정을 받다가 겨우 실마리를 찾아냈다.

나의 마력은 이쪽 세계 사람들의 것과 다르다고 한다.

그 말을 듣자, 어쩐지 내 마력이 원인인 건 아닐까 하는 생각이 들었다.

원인이 밝혀져서 개운하기도 했지만 그와 동시에 연구가 처음으로 되돌아가서 맥이 풀렸다.

개인의 마력이 원인이라면, 나 이외의 다른 사람이 예전과 똑같은 재료와 방식으로 포션을 만들 시 기존의 것과 똑같은 효과밖에 얻을 수 없는 셈이다.

그래서 더욱 효과가 높은 포션을 만들려면 새로운 재료와 방식을 발견해야 한다는 결론에 이르렀다.

원인을 찾는 동안 계속 제자리걸음인 상태가 이어졌으니, 새로운 재료 같은 걸 조사했다.

특정한 지역에만 분포하는 약초나 그 지역에서 독자적으로 만들어지는 약에 관한 정보를 모으고 낡은 문헌을 찾아보기도 했다.

나도 때때로 왕궁 도서실에 가서 약초와 관련된 책을 닥치는 대로 읽었다.

다른 연구원들이 읽은 것까지 포함하면 도서실에 비치된 관련 서적은 거의 전부 다 읽은 게 아닐까 싶을 정도로.

하지만 그렇게까지 했는데도 힌트조차 얻지 못했나.

아니, 힌트는 얻었으나 효과가 없는 경우가 많았다.

그런 이유로 소장님이 말한 것처럼 연구는 꽉 막힌 상태였다.

이번에 은상으로 금서고 열람 허가를 받았으니, 거기서 원하는 정보를 찾을 수 있지 않을까 기대하고는 있지만.

"새로 무언가를 배우는 게 연구에 힌트가 되는 경우도 있으니까 좋은 기회 아니야?"

"그렇죠."

소장님의 말에도 일리가 있다.

이번에 밝혀진 원인도 내가 마법을 쓰게 된 뒤에야 비로소 판명되었다.

연구원들도 열심히 원인을 조사했고, 마력이 원인인 건 아닐까하는 이야기도 화제에 오른 적이 있었다.

그러나 포션에 쏟아붓는 마력은 속성 마법을 쓸 때에 비하면 개인이 지닌 특성을 알기 힘들다고 한다.

어느 정도 훈련을 한 사람 정도로는 어떤 속성의 마력을 지녔는지 알 수 없다나.

그렇기 때문에 마력에 대해 잠깐 확인하고는 곧바로 차이가 없다는 판단을 내렸다.

이곳은 약용식물연구소이기 때문에, 다들 마력보다 약초나 제조법에 관심이 치우쳐진 탓도 있으리라.

나도 마력에 대해서는 주변 사람보다 지식이 없으니 다들 그렇다고 하면 그런가 보다 하며 깊이 파보지 않았다.

만약 나에게 지식이 있었다면 깊게 파헤쳐보고 더 빨리 깨달았을 수도 있다.

역시 지식은 중요하다.

연구는 처음으로 되돌아갔지만, 내가 이쪽 세계에서 뭔가를 배우면 지금까지 조사한 내용 중에서 이전에 놓쳤던 것들을 발견할 수 있을지도 모른다.

그렇게 생각하니 강의를 듣는 것 또한 일의 일환이라는 생각이 들었다.

"원하는 만큼 듣도록 해. 모처럼 받은 상이잖아."

소장님이 싱긋 웃으며 그렇게 말했다. 나도 또한 미소를 지으며 고개를 끄덕였다.

◆ ◆ ◆

왕궁 문관에게 받고 싶은 강의 일람을 제출하고 나서 며칠 후, 바로 강의가 시작되었다.

몇몇 강의는 준비 시간이 조금 걸린다고 해서 일단 먼저 강의 준비가 된 것부터 시작하기로 했다.

첫 번째 강의는 마법에 관한 강의였다.

왕궁에서 준비해준 방에 나와 각각의 과목 선생님이 만나 강의를 진행하는 형태였다.

처음 이야기를 들었을 대에는 아침부터 왕궁으로 이동해야 하는 게 조금 귀찮게 느껴졌는데, 이동용 마차를 준비해주어서 도움이 되었다.

시녀들의 안내를 받아 들어간 방에서 강의 준비를 하며 기다리고 있는데, 잠시 후 누군가가 문을 두드렸다.

나는 방 안에 들어온 사람을 보고 깜짝 놀랐다.

"안녕하세요."

"안녕하세요. 저……."

생긋 웃으며 들어온 사람은 궁정 마도사단의 사단장님이었다.

오늘은 마법에 관한 강의였기 때문에 궁정 마도사단에서 강사가 올 거라는 이야기는 들었지만, 그게 사단장님이라는 말은 듣지 못했다.

"제가 마법 강의를 담당할 유리 드레베스입니다."

"저……. 궁정 마도사단의 사단장님이셨죠?"

"예."

저도 모르게 확인했는데, 그는 지난번에 만났던 사단장님이 틀림없는 모양이었다.

"사단장님이 담당하시는 건가요? 일이 바쁘신 것 아니에요?"

"괜찮습니다."

사단장님이 생글생글 웃었다. 그런데 정말 괜찮을까?

제3기사단에서 단장님이 일하는 모습을 보고 있으면 나름대로 서류 업무 같은 게 있었던 것 같은데.

단장님도 일반 기사들과 다르게 서류 업무에 쫓겨서 훈련 시간을 내는 게 큰일이라고 말한 적이 있기도 하고.

기사단과는 달리 궁정 마도사단의 서류 업무가 적은 것도 아니겠지?

"제가 온 게 불만인가요?"

"아뇨, 그런 건 아니에요……."

혼자 생각에 잠겨 있지 사단장님이 걱정스런 얼굴로 물었다.

아니, 불만이고 뭐고 오히려 송구한 마음이 들었다.

마법에 대해서 완전히 아마추어인 나에게 강의를 해주시겠다니.

지극히 초보적인 내용일 테니 아무리 생각해도 사단장님께 배울 만한 건 아니리라.

강의 초반에는 아카데미 1학년들이 학습하는 내용을 배우는 듯했다.

굳이 비유를 하자면 대학 교수가 중학생 수업을 가르치는 이미지라고 할까.

그래서 바쁜 사단장님이 아니라 좀 더 시간이 있는 평범한 궁정 마도사가 내 강사로 충분할 것 같았다.

슬픈 얼굴로 내 대답을 기다리는 사단장님을 바라보며 무던하게 그런 생각을 전하자, 그는 안심한 듯 미소를 지었다.

"그런 이유였다면 문제 없습니다. 게다가 다른 사람에게 맡길 수 없는 사정도 있고요."

"사정이요?"

"네. 그와 관련해서 부탁드릴 게 있습니다만."

"뭔가요?"

"세이 님의 마력을 조사하게 해주셨으면 합니다."

무슨 뜻인지 묻자, 사단장님이 고개를 끄덕이고는 설명해주었다.

우선 예의 내 마력이 이쪽 세계 사람들과 다른 부분을 궁정 마도사단이 본격적으로 조사하게 해달라는 부탁이었다.

궁정 마도사단에서는 마물 토벌 외에도 마법 연구까지 하는데, 사단장님도 마법 연구에 관여하고 있다고 한다.

사단장님이 보기에 내 마력이 몹시 흥미롭다나.

내가 만든 포션이 다른 사람이 만든 것에 비해 효과가 높다는 이야기가 사단장님의 귀에도 들어간 건지, 그 또한 이 현상과 마력이 상관 있는 것 같다고 말했다.

그래서 실제로 마력과 상관이 있는지, 그밖에 다른 점은 없는지 조사하고 싶다는 것이다.

마력의 영향에 관해서는 나도 알고 싶었기 때문에 전문가가 조사를 해준다니 환영할 만했다.

사단장님이 관심을 가진 것도 그렇지만, 이 조사를 다른 사람에게 맡기지 못하는 다른 이유가 있었다.

사단장님의 말에 따르면 【성녀】의 능력에 관한 내용은 모두 국가 기밀이 되는데, 과거 성녀들과 관련된 상세한 기록은 거의 남아 있지 않다고 한다.

기록이 남아 있지 않은 이유도 불분명했다.

이유까지 불분명하다니, 꽤나 엄중하게 정보를 통제했던 모양이다.

내 마력과 관련된 것도 마찬가지였는데, 상층부도 이번에 실시하는 조사의 결과를 아는 사람이 적으면 적을수록 좋겠다고 판단했다고 한다.

그래서 사단장님이 조사하게 됐나.

그 외에도 사단장님이 이 나라에서 가장 마법에 정통한 사람이니 마침 잘 됐다며 결정한 것도 이유였다.

조사를 할 때 뭔가 특별한 것을 할 필요는 거의 없고, 강의실에서 마력을 사용할 때 관찰하는 정도인 듯했다.

그 정도라면 상관없지.

내가 승낙하자 그는 무척 활짝 웃으며 고맙다고 말했다.

그리하여 사단장님이 강의를 담당하게 된 이유를 듣고 난 뒤에 강의를 시작했다.

처음 며칠 동안은 마법의 기초에 관한 강의였다. 마력이란 무엇인가, 마법을 사용할 때 몸 안의 마력이 어떻게 사용되는가, 그런 걸 배웠다.

이렇게 강의를 듣다보니 사단장님의 강의는 무척 알기 쉬웠다.

궁정 마도사단에 있는 누구보다 마법에 정통하고 잘 안다는 건 허풍이 아니었나 보다.

지식이 있기도 하거니와 원래 머리가 좋았던 게 아닐까 싶기도 했다.

잘 가르쳤으니까.

"뭔가 모르는 부분이 있나요?"

"아뇨, 괜찮습니다."

사단장님이 얼추 설명을 끝내며 질문이 있냐고 물어보았으나 특별히 그럴 만한 건 없었다.

"그럼 줄곧 강의만 듣는 것도 질릴 테니 조금 실전으로 들어가볼까요?"

"알겠습니다."

"세이 님은 이미 마법을 쓸 수 있다고 하시니, 자신의 몸속에 있는 마력을 느끼는 것도 가능할 거라 생각합니다. 하지만 체내의 마법을 파악하는 건 마법의 기본이므로, 우선 그것부터 시작하도록 하죠."

이어서 그는 이제부터 실시할 실기에 대해 설명해주었다.

듣고 있는 동안 주드가 포션 제작법을 가르쳐주었을 때 같이 배웠던, 상대방에게 마력을 보내는 방법과 똑같다는 것을 깨달았다.

"저기, 이거……."

"왜 그러시죠?"

"아카데미에서도 실시하고 있는, 상대방에게 마력을 보내는 실기인가요?"

"아아, 알고 계셨나요? 맞습니다."

그렇다고 한다.

예전에 연구소에서 배운 적이 있다고 말하자 사단장님이 고개를 끄덕였다.

"상대방에게 마력을 받은 적이 있으시군요. 그렇다면 상대방에게 마력을 보낸 적은 있으신가요?"

"아뇨. 그냥 마력을 느끼기 위한 보조 과정이었거든요……."

"그렇군요. 그럼 오늘은 상대방에게 마력을 보내 봅시다."

연구소에서는 주드가 주체가 되어 실시한 실습이었는데, 오늘은 내가 주체가 되어 실시하게 되었다.

상대방은 물론 사단장님이다.

이 방에는 나와 사단장님밖에 없으니까.

이전에 했던 것처럼, 마주 보고 선 채 서로의 손바닥을 가슴 위치에서 맞댔다.

응? 뭔가 가깝지 않나?

너무 기세 좋게 돌아선 탓인지 서로 마주 보았을 때 거리가 미묘하게 가까운 것 같았다.

예상대로 문득 손바닥에서 시선을 들자 생각보다 아름다운 얼굴이 바로 앞에 있어서 깜짝 놀랐다.

사단장님도 아래쪽을 보던 시선을 들었다.

내가 자기를 쳐다보고 있다는 걸 눈치챈 듯하다.

아, 이거 위험한 패턴이네.

아름다운 얼굴은 눈앞에 존재하는 것만으로도 공격력이 엄청나다.

사단장님의 외모 정도면 말할 필요도 없다.

어쩐지 긴장이 되어서 가슴이 괴로웠다.

"왜 그러시죠?"

"아뇨……."

사단장님이 웃으면서 고개를 갸웃거렸다. 나는 그 모습을 보며 고개를 가로저었다.

침착하자.

우선은 마력을 보내는 것만 생각해야지.

시선을 손바닥으로 돌리고 자세를 바로잡는 척하며 사단장님에게서 살짝 떨어졌다.

심호흡을 한 뒤 오른손에 마력을 모았다.

이제 포션에 마력을 쏟을 때와 마찬가지로 손바닥에서 마력을 방출하기만 하면 된다.

아마 이렇게 하면 사단장님에게 마력이 흘러갈 것이다.

"흘러가나요?"

"네. 약하긴 하지만 흘러들어. 조금 더 많이 보낼 수 있나요?"

"해볼게요."

포션을 만들 때 쓰는 마력의 양 정도로는 보사란 모양이디.

몸속의 마력을 밀어내는 듯한 이미지를 떠올리며, 이번에는 평소보다 많은 마력을 방출해 보았다.

"와."

사단장님이 중얼거리는 소리가 들려왔다. 시선을 위로 들어 쳐다보니 그는 평소의 온화한 미소와 달리 유쾌하다는 듯이 씩 웃고 있었다.

"사단장님?"

"아, 죄송합니다. 조금 재미있어서요."

"재미……있나요?"

"예. 역시 당신의 마력은 우리와 다른 것 같습니다."

평소와는 다른 모습이라 말을 걸자 사단장님은 즉시 표정을 원래대로 되돌렸다.

원래 단정한 얼굴이기도 하고 아까 그 미소를 본 탓인지, 오히려 이쪽 미소가 갖다 붙인 것처럼 보였다.

저쪽이 본모습인 걸까.

약간 의아한 시선으로 쳐다보았지만 사단장님은 신경도 쓰지 않고 마력에 대해서만 설명해주었다.

강의 도중에 들은 내용이지만 마력에는 개인차가 있다.

속성뿐만이 아니다.

형용하기는 어렵지만, 뭔가 차이가 있는 것처럼 느껴진다고 한다.

다만 속성을 제외한 부분의 차이는 아주 미미한데, 그걸 감지할 수 있는 사람은 궁정 마도사단에서도 절반 정도라고 한다.

물론 사단장님은 판별할 수 있지만.

한편, 내 마력은 명백하게 다르다는 걸 알 수 있을 만큼 차이가 있다고 한다.

역시 그렇구나.

사단장님은 성 속성 마력이기는 해도 그것과는 별개의 것이 느껴지는데, 이세계에서 온 사람들의 고유한 성질인지도 모르겠다고 말했다.

"포션 효과가 높아진 것도 마력 때문일까요?"

"으음……. 현재 단계에서는 확실하게 말하기는 어려워요."

"그렇군요."

가장 알고 싶은 것이라서 시험 삼아 물어보았지만, 그리 간단하게 알 수 있는 건 아닌 듯했다.

어쩐지 유감스러웠다.

뭐, 실기가 시작된 오늘부터 조사하기로 했으니 어쩔 수 없다면 어쩔 수 없는 일이지만.

조만간 알게 될지도 모르니 느긋하게 알아보자.

그 뒤로는 강약을 조절하며 마력을 내보냈고, 나 스스로 마력을 어떻게 느끼는지 등 사단장님에게 이런저런 질문을 받았다.

◆ ◆ ◆

그 후, 강의에 실기 시간이 더해졌다.

시간적으로는 이론과 실기를 절반씩 실시했는데, 전반부가 이론이고 후반부가 실기였다.

물론 이론과 실기 모두 사단장님이 담당했다.

실기는 궁정 마도사단의 막사에 있는 연습장에서 했다.

강의를 받는 방에서 거리가 조금 떨어져 있지만, 사단장님과 이야기를 나누며 걸으면 그리 신경 쓰일 만한 거리는 아니었다.

혼자였다면 아마 좌절했을 것이다.

그 이유는 연습장까지 가는 거리 때문만은 아니었지만.

처음에는 사단장님이 실기까지 담당해주다니 사치스럽다고 생각했는데, 그런 마음은 며칠 만에 사라졌다.

사단장님의 지도는 그의 부드러운 행동과 달리 스파르타식이었다.

"시작합시다. 진행 방법은 지난 번과 똑같아요."

"네."

연습장에 도착하면 잠시 휴식을 취한 뒤에 실기를 시작한다.

요새는 마력 조작에 관한 강의를 듣는다.

이것을 잘 단련하면 마법 발동까지 걸리는 시간을 단축할 수 있다고 한다.

마법을 쓸 때에는 손바닥에 마력을 집중시켜야 하는데, 그때 걸리는 시간을 단축할 수 있다나.

참고로 마력 조작 실기뿐이라면 사실 연습장까지 올 필요는 없다. 체내의 마력을 집중시키는 곳을 팔이나 다리 등 임의의 장소에 순서대로 이동시키는 것만으로도 훈련이 되기 때문이다.

하지만 아무리 마력 조작을 할 수 있다 해도 그것만으로는 아무런 의미가 없다는 사단장님의 방침 때문에, 마력 조작을 하면서 마법을 재빨리 발동시키는 실습이 부과되었다.

성 속성 마법뿐이라면 강의를 받은 곳에서 마법을 발동시켜도 문제 없겠지만, 이곳에는 마법을 사용하는 사람이 한 명 더 있다.

내 옆에서 부추기듯이 다른 속성 마법을 퐁퐁 발동시키는 사람이.

다름 아닌 사단장님이었다.

궁정 마도사단을 통솔하고 있는 만큼 사단장님의 능력치는 높을 것이다.

사단장님은 내 옆에서 한 종류의 속성 마법이 아니라 세 종류 정도의 속성 마법을 교대로 발동시켰다.

그는 마력 조작도 원활하게 할 수 있는 것이다.

내가 마력을 모으는 것보다 더 빠른 속도로 마력을 모으는 건지, 이쪽에서 마력을 한 번 발동시키는 동안 사단장님은 두 번 발동시켰다.

사단장님과 비슷한 속도로 발동시킬 수 있도록 하는 게 목표라는데, 요구 수준이 너무 높은 거 아닌가?

마법 공부를 막 시작한 나에게 그런 걸 요구하다니 꽤 스파르타식이었다.

속도를 중시하는 순간 마력 조작에 소홀해지는 건지 발동되지 않는 경우도 있는데, 이걸 동시에 한다니…….

"조금 더 빨리 할 수 없나요?"

"이보다 더 빠르게는……. 이렇게 갑작스럽게 사단장님과 똑같은 속도를 내기는 어려워요."

"그래도 아직은 봐주는 건데요."

사단장님이 웃으면서 말했다. 그는 아직 여유로워 보였다.

나는 거의 한계인데.

이론에서 배운 대로 마력을 조작하면 사단장님과 같은 속도로 마법을 쓸 수 있다고 하지만, 막상 실천해보면 생각처럼 되지 않았다.

포션을 만들 때에도 섬세하게 마력 조작을 해야 하기 때문에, 상당한 랭크의 포션을 만들 수 있는 나로서는 마력을 마음대로 조작할 수 있을 거라고 생각했다. 하지만 그 예상은 아무래도 빗나간 것 같았다.

마법을 쓰는 쪽이 더 섬세한 마력 조작이 필요한 듯했다.

아직까지는 사단장님이 요구하는 레벨을 따라갈 수 없어서 어쩐지 분했다.

하지만 내가 분하다는 생각을 할 수 있는 만큼 사단장님이 봐주고 있는 모양이었다.

궁정 마도사들에게 들은 바로는, 그들을 지도할 때에는 더 엄격했다고 한다.

"그런 일은 두 번 다시 겪고 싶지 않아요."

한 마도사가 먼 곳을 바라보며 가르쳐주었다.

마침 궁정 마도사단이 총출동해서 대량의 서류 업무를 끝낸 뒤의 일이었다고 한다.

사단장님이 평소답지 않게 무척 멋진 미소를 지으며 '가끔씩은 후학을 지도해야지'라고 선언했다고 한다.

궁정 마도사단의 톱이 지도하는 훈련이 실시된다는 말에 향상심이 넘치는 수많은 마도사들이 연습장에 모여들었다.

그리고 그 결과, 연습장에는 마도사들의 시체가 양산되었다.

연습장에서는 사단장님이 평소에 하고 있는 훈련보다 조금 가벼운 정도의 훈련이 실시되었다고 한다.

물론, 재능이 넘치는 그가 한층 더 능력을 향상시키기 위해 하는 훈련과 비교하면 그렇다는 뜻이다.

궁정 마도사단에 소속된 마도사들은 마법을 쓸 수 있는 사람들 중에서도 유난히 능력치가 높은 엘리트들이었다. 그렇기 때문에 나름대로 프라이드도 높았다.

그런 그들이 고작 하루 만에 죽는 소리를 낼 정도로 가혹했던 것이다.

아무리 그래도 너무 심하지 않냐는 둥, 조금만 더 난이도를 내려줬으면 좋겠다는 둥, 여기저기서 그런 의견이 나왔지만 사단장님은 들어주지 않았다.

사단장님은 만신창이가 된 마도사들 옆에서 아무렇지 않은 얼굴로 똑같은 훈련을 수행했고, 틈이 날 때마다 각 마도사들을 지도해주기도 했다.

그 후 일주일 동안 줄곧.

아무래도 서류 업무 때문에 연구할 시간이 나지 않아서 상당히 울분이 쌓였던 모양이었다.

단순히 분풀이를 하는 게 아닐까 싶었지만, 사단장님의 지도가 적확하긴 했는지 훈련을 받은 사람들의 능력이 향상되었기 때문에 그 누구도 불평할 수 없었다고 한다.

다만, 그 사건 이후로 사단장님에게 돌아가는 서류의 양이 이전보다 훨씬 더 줄어들었다나.

어딘가 혼이 빠진 듯한 표정으로 가르쳐주는 마도사를 보고 있으려니 상당히 힘들었겠다는 생각이 들었다.

그런 고로, 사단장님의 지옥 훈련을 받은 마도사들은 지레 보아도 사단장님이 내 능력에 맞춰주고 있는 것 같다고 말했다.

즉, 나라면 할 수 있을 거라고 생각하는 걸까.

나에게 기대를 품고 있는데 그에 부응하지 못하면 분하다.

이렇게 된 이상, 오로지 연습뿐이다.

그렇게 생각한 나는 일주일 동안 강의 시간 내내 그저 무심하게 마법을 계속 발동했다.

하지만 오늘도 역시 목표에 도달하지 못했다.

강의 시간에 연습하는 것만으로는 목표에 도달하기까지 상당한 시간이 걸릴 것 같았다.

강의 시간 외에도 연습하는게 좋으려나.

어떻게 할까.

강의가 끝난 뒤에 연습장에 남아 자습을 하는 것도 좋겠지만, 나한테 그냥『힐』을 쓰자니 뭔가 아까웠다.

요전에 병원에서 그랬던 것처럼 나 말고 다른 사람에게 쓸까?

나는 연습을 할 수 있고 상대방은 상처가 나을 테니 일석이조 아닌가?

좋은 생각인 것 같아서 이튿날 아침에 당장 소장님의 허가를 받으러 갔다.

"실례합니다. 소장님, 부탁드릴 게 있는데요."

"뭔데?"

아직 이른 아침.

강의를 듣기 전에 소장실로 가자, 소장님은 벌써 업무를 시작하고 있었다.

나는 그에게 마법 강의 이야기를 하며 병원 등에서 마법 연습을 하고 싶다고 말했다.

내 이야기를 들은 소장님은 턱을 문지르며 잠시 생각에 잠겨 있다가 입을 열었다.

"강의 시간 외에 마법 연습을 하는 건 그렇다 쳐도, 장소가 문제야."

"병원에서 하면 안 되나요?"

"요전에 대부분의 환자를 치료했잖아. 회복 마법이 필요한 환자는 안 남아 있지 않을까?"

듣고 보니 그랬다.

좋은 생각인 줄 알았는데…….

잠시 고민하고 있는데 퍼뜩 묘안이 떠올랐다.

"기사단은 어떨까요?"

"기사단?"

"네."

기사단은 업무 특성상 토벌이 없을 때에는 막사에서 훈련을 한다.

제3기사단에 포션을 가져다줄 때 훈련하는 모습을 본 적이 있는데, 근접 전투가 많아서 그런지 타박상을 입는 사람이 꽤 있었다.

그런 사람들을 상대로 연습하는 건 어떨까 하는 생각이 들었다.

소장님에게 그렇게 전하자, "그래. 괜찮지 않을까?"라는 대답이 돌아왔다.

"알베르토에게 전달해둘 테니, 강의가 끝나면 제3기사단에 가 봐."

"감사합니다."

그리하여 오늘은 강의가 끝나면 제3기사단에 가기로 했다.

◆ ◆ ◆

평소처럼 마법 강의를 받은 후, 나는 제3기사단으로 갔다.

요즘은 강의뿐이라 제3기사단에 오는 것도 오랜만이었다.

단장님의 집무실로 갈 때 마주친 기사들도 "오랜만이네"라고 할 정도였으니 착각은 아닐 것이다.

집무실 문을 노크한 뒤 이름을 말하자 들어오라는 목소리가 들려왔다.

집무실 안으로 들어가니 단장님이 부드럽게 미소 짓고 있었다.

"오랜만이야."

"오랜만이네요."

단장님과 만나는 것도 꽤 오랜만이었다.

강의를 듣기 전까지는 연구소에서 포션을 가지고 올 때나 도서실에서 돌아올 때 만나기도 했지만, 요즘은 강의실과 연구소를 왕복할 뿐이어서 거의 만나지 못했다.

방의 한가운데까지 들어가자 의자에서 일어난 단장님이 내 곁으로 다가왔다.

"살이 좀 빠진 거 아냐?"

단장님은 그렇게 말하며 내 뺨을 살며시 만졌다.

갑작스럽게 벌어진 일에 순간적으로 어안이 벙벙해졌다가 순식간에 얼굴에 피가 쏠렸다.

"예?! 아뇨, 그렇지는 않은데요."

정말 심장에 좋지 않으니 갑자기 이러지 말아주길 바랐다.

머리가 새하얘진 상태에서 가까스로 대답을 하긴 했지만, 너무 갑작스러운 일에 하려던 말이 머릿속에서 전부 다 날아가버렸다.

"드레베스 님께 마법 강의를 듣는다고 들었어. 엄하게 가르치시지?"

"네, 네에. 하지만 알기 쉬워요."

"그렇구나. 무리하지는 말고."

"무리하지는 않아요."

곧바로 떨어질 거라 생각했는데, 대화를 나누는 동안에도 그의 손가락이 내 뺨을 쓰다듬었다.

얼굴이 무척 뜨거워졌다.

저기, 정말로 이제 그만 손을 떼주시지 않으면 제 심장이 버티지 못할 것 같아요.

이제 슬슬 놔주지 않을까 생각하면서 어색하게 다른 곳을 보고 있던 시선을 단장님 쪽으로 되돌렸다. 그러자 그가 한층 더 깊게 웃었다.

웃음이 터질 것 같은데 참는 듯한 느낌이었다.

내가 시선을 되돌린 걸 신호로 내 뺨을 만지작거리고 있던 그의 손가락이 아쉽다는 듯 귀 뒤를 지나 떨어졌다.

간지러움에 등줄기가 오싹 떨렸다.

비명을 지르지 않은 나 자신을 칭찬해주고 싶었다.

내심 눈물을 글썽이며 단장님을 노려보니 그가 풋 웃음을 터뜨렸다.

"요한한테 듣긴 했는데, 여기서 마법 연습을 하고 싶다며?"

"네."

마침내 본론으로 들어갔다. 나는 안도의 한숨을 내쉬었다.

"연습장에 오시는 분에게 회복 마법을 걸고 싶어요."

"그건 문제없어. 지금 바로 갈 거야?"

"네, 부탁드릴게요."

단장님은 가장 중요한 문제를 아무렇지도 않게 허가해주더니 연습장까지 안내해주신다고 했다.

그 전에 인사를 하는 것치고 무척 달콤했던 대화는 뭐였냐고 묻고 싶었다.

소장님뿐만 아니라 단장님한테도 놀림을 받게 될 줄이야.

막사의 복도를 걸어가다가 방금 전의 일이 떠올라서 옆에서 걸어가는 단장님을 노려보았다. 내 시선을 느꼈는지 단장님도 나를 바라보았다.

눈이 마주치자 그의 눈이 달콤하게 가늘어졌다.

"왜?"

"아무것도 아니에요."

조금 매정한 말투로 대답했지만, 단장님은 타격을 입은 것 같지

않았다.

분명 내 얼굴이 빨개진 탓이리라.

기분 전환하기 위해 함께 걸으면서 앞으로 행할 회복 마법 연습에 대해 이야기했다.

이런저런 의견을 나누었지만, 최종적으로는 사단장님의 방침에 따라 제3기사단에서도 실전 형식으로 연습하기로 했다.

연습장에 도착하자 마침 한창 연습하고 있을 때여서 그런지 수많은 기사들이 모의 시합을 하고 있었다.

막사로 오는 도중에 멀리서 바라본 적은 있지만 가까이에서 보니 박력이 다르게 느껴졌다.

대단하다고 생각하며 보고 있는데, 단장님과 내가 온 걸 눈치챘는지 다들 시합하던 손을 멈추고 이쪽을 쳐다보았다.

얼굴을 아는 기사가 있긴 했지만 일제히 이쪽을 쳐다보니 긴장이 되었다.

나는 한 걸음 뒤로 살짝 물러나 단장님의 뒤에 숨었다.

단장님은 큰 목소리로 오늘부터 기사들이 연습할 때에 내가 회복 마법을 쓸 거라고 설명해주었다.

방법은 간단하다.

기사들은 평소처럼 훈련하면 된다.

평소와 다른 건 훈련 중에 회복 마법이 날아오는 것뿐이었다.

다친 사람을 이쪽으로 오게 해서 회복 마법을 거는 건 어떨까 생각했지만, 단장님은 그렇게 하면 기사들도 품이 들고 내 연습도 뭔가 부족할 것 같다고 말했다.

기사들은 평소에도 가벼운 타박상 정도는 자연 치유에 맡기기 때문에 일부러 회복 마법을 걸어달라고 하지 않을 것 같다고 말이다.

그렇게 되면 회복 마법을 발동시키는 횟수도 적어지기 때문에, 횟수를 채우고 싶은 거라면 다른 방법이 좋을 것 같다는 이야기로 이어졌다.

그래서 실제로 토벌하러 갔을 때와 마찬가지로 내 판단에 따라 제멋대로 회복 마법을 거는 게 가장 좋은 방법일 것 같다는 데에서 단장님과 의견이 일치했다.

단장님의 설명이 끝나자 기사들은 다시 각자 연습을 하러 돌아갔다.

나도 모의 시합을 바라보며 적당한 때를 노려 연습을 개시했다.

게임처럼 각자의 머리 위에 최대 HP와 현재 HP를 알 수 있는 수치 막대그래프가 표시된다면 누구에게 『힐』을 걸어야 할지 쉽게 판단할 텐데, 유감스럽게도 그런 편리한 건 없었다.

어쩔 수 없이 계속 상황을 살피면서 부상을 당해 HP가 줄어들었을 것 같은 사람에게 『힐』을 걸었다.

그때 마력 조작에 신경을 쓰는 것도 잊지 않는다.

강의 내용을 떠올리면서 비슷한 속도로 차례차례 마법을 발동했다.

병원에서 마법을 썼을 때보다 마력을 모으는 시간이 짧으니, 아마 회복하는 HP의 양도 적을 것이다.

마력 조작 실력이 좋아지면 같은 시간 안에 모을 수 있는 마력의 양이 늘어난다. 그렇기 때문에 짧은 시간에도 병원에서와 똑같은 효과를 발휘할 수 있게 될 터였다.

그렇게 계속 집중하고 있다보니 시간이 눈 깜짝할 사이에 지나갔다. 정신을 차리자 기사들도 슬슬 훈련을 끝낼 시간이 되었다.

도중에 집무실로 돌아갔던 단장님도 어느새 연습장에 돌아와 있었다. 그는 내일부터 강의가 끝난 뒤에 자유롭게 이곳에 와서 마법 연습을 해도 된다고 말했다.

그로부터 일주일 후.

강의 시간과 강의가 끝난 후에 열심히 연습한 덕분인지, 처음보다는 마법 발동이 조금 더 빨라진 것 같았다.

물론 효력도 좋아졌다.

기사들의 보고를 듣자 마법을 발동하는 간격도 짧아졌거니와 『힐』의 회복양도 늘어났다는 걸 알 수 있었다.

사단장님도 그걸 알아챘는지 칭찬해주셨다.

"상당히 좋아졌네요."

"감사합니다."

"예상보다 더 빨리 숙달되었는데, 강의 시간 외에도 연습을 했나요?"

사단장님이 다 알고 있다는 듯이 웃었다.

제3기사단에서 연습한 걸 알고 있었던 모양이다.

나도 장난을 들켰다는 듯한 얼굴로 웃었다.

"조금요."

"무척 열심히 하는 것 같던데, 어떤 목표라도 있나요?"

"목표요? 딱히 없는데……."

나는 사단장님의 질문을 듣고 말꼬리를 흐렸다.

목표라고 해야 하나, 바로 옆에서 표표하게 마법을 발동하는 사단장님을 상대로 약간 분한 기분을 느끼기는 했다.

그리고…….

"조만간 토벌을 나갈 때 지원 요청이 올지도 모르니까요…….'

그렇게 말하자 사단장님은 눈을 동그랗게 떴다.

예전에 소장님과도 이야기를 나누었지만, 지난번과 그 전의 토벌 결과를 떠올려보면 정말로 있을 법한 이야기라는 생각이 들었다.

내가 능숙하게 마력 조작을 하게 되면 가장 활약할 수 있는 건 토벌일 터였다.

요전에 병원에서 그랬던 것처럼 그들이 돌아오고 나서 치료하는 경우에는 그렇게까지 빠르게 마법을 발동시킬 필요가 없으니까.

"세이 님은 토벌에 참가하실 생각인가요?"

"그렇죠. 요청이 오면요."

"요청이 오면요? 다른 목적이 있는 건 아니고요?"

"목적이요? 딱히 없는데…….'

"그럼 뭔가 다른 메리트라도?"

메리트?

사단장님의 말을 듣고 고개를 갸웃했다.

메리트가 뭐지?

평소의 업무가 아니니 특별 보수를 내린다거나 그런 걸 말하는 건가?

그보다 사단장님이 의외라는 표정을 짓는 게 의아했다. 나를 토벌에 참가시킬 생각으로 단련시켰던 게 아닌가?

이런 형식으로 실기 연습을 한 건, 마력 조작을 하는 것만으로는 아무런 의미가 없다는 사단장님의 방침 때문이었다.

실전에 도움이 될 법한 방식이어서 틀림없이 사단장님은 나를 토벌에 참가시킬 생각이라고 믿었는데, 아닌가?

그렇게 묻자, 이번에는 사단장님이 고개를 갸웃했다.

"토벌 때문에 단련시키신 거 아닌가요?"

"예, 그럴 작정은 아니었습니다만……."

"그럼 대체 왜죠?"

"마력 조작을 하는 것만으로는 아무런 소용이 없다는 것도 이유 중 하나지만, 세이 님의 마력을 관찰하고 싶기도 했어요."

"그런가요?"

"그래요."

당연한 듯이 돌아온 대답은 예상 밖의 이유였다.

마력을 관찰하고 싶었다니…….

분명 강의실에서 관찰하겠다는 말을 듣기는 했지만, 그쪽이 주 목적일 거라고는 생각도 못했다.

저도 모르게 힘이 빠졌다.

"하지만 확실히 조만간 지원 요청이 올지도 모르겠네요."

사단장님은 잠시 생각하는 듯하더니 그렇게 말했다.

어쩐지 제 무덤을 판 것 같은 기분이 들기도 했다.

"역시 지원 요청이 올 것 같나요?"

"이쪽에도 성 속성 마법을 쓰는 사람이 몇 명 있지만, 그렇게 레벨이 높지는 않거든요."

"사단장님도 쓸 수 있으시잖아요."

"저도 쓸 수는 있지만, 토벌을 할 때는 공격하는 경우가 많아요."

그렇구나.

아마 나보다 성 속성 레벨이 높은 사람은 없을 것이다.

그리고 어쩐지 사단장님에게서 뇌가 근육인 듯한 느낌이 풍겼다.

일단 궁정 마도사단의 톱인데 공격하는 경우가 많다니, 마도사들을 지휘하지는 않나?

"요청이 온다면 행선지는 서쪽 숲이 될 것 같네요."

"서쪽 숲이요?"

"세이 님의 레벨이라면 서쪽 숲도 문제없겠죠."

"하지만 거긴……."

나는 행선지를 듣고 인상을 찌푸렸다.

서쪽 숲은 샐러맨더가 나온 숲으로, 지난 토벌에서도 많은 부상자가 나왔다.

"서쪽 숲은 장기도 짙으니까요. 세이 님의 마력이 장기에 어느 정도 영향을 끼치는지도 신경이 쓰입니다. 그리고……."

내가 불안해하는지 어떤지는 관심 없다는 듯, 사단장님은 이미 서쪽 숲에서 할 연구에 정신이 팔린 것 같았다.

지난 토벌과 그 전 토벌의 피해가 무척 컸던 것 같아서, 나로서는 서쪽 숲에 가는 게 무서운데.

하지만 사단장님의 모습을 보면 서쪽 숲을 그리 특별하게 여기는 것처럼 느껴지지는 않았다.

기사들의 이야기를 들어봐도 서쪽 숲에서 그만한 피해가 생기는 건 드문 일이라는 듯한 느낌이었으니, 평소에는 그리 위험한 곳이 아니라는 뜻일까?

하지만 두 번 있는 일은 세 번 벌어지기도 하는데…….

"왜 그러시죠?"

"아뇨……, 그게……."

중얼거리는 사단장님을 바라보며 그런 생각을 하고 있는데 눈이 마주쳤다.

내 시선을 알아챈 모양이었다.

서쪽 숲에 가는 건 조금 불안하다고 말하는 게 좋을까?

말해도 괜찮을지 어떨지 고민이 되어서 말꼬리를 흐렸다.

그런 생각이 얼굴에 드러났는지, 사단장님이 서쪽 숲에 대해 이야기를 하기 시작했다.

"아까도 말씀드렸지만, 세이 님의 레벨이라면 서쪽 숲 토벌은 식은 죽 먹기라 해도 좋을 겁니다."

"그런가요?"

"네. 저도 몇 번 가봤는데, 요즘은 손맛이 없어지기 시작해서……."

"아, 예."

"이전에 마물이 대거 모여 있었다니, 참가했더라면 즐길 수 있었을 텐데 말이에요. 안타깝게도 자리에 누워 있는 바람에……."

"……."

"그런 일도 있었으니 다음 토벌은 조만간 가겠지요. 마물 숫자도 평소와 똑같거나 적을지도 모릅니다. 세이 님의 첫 출진으로는 딱 좋겠군요."

사단장님은 그렇게 말을 끝맺더니 나를 안심시키려는 듯이 미소 지었다.

그만큼 피해가 컸던 토벌에 대해 즐길 수 있었을 거라는 말을 하다니, 사단장님은 정말 강한 사람인지도 모른다.

토벌을 끝내고 온 기사들의 모습을 본 내 입장에서 그 의견은 석

연치 않았지만.

다만, 다음 토벌에 관한 추측은 동의할 만했다.

지난번 토벌은 시간을 두고 이루어져서 마물이 쌓였던 거라고 하니.

그 점을 감안하면, 다음 서쪽 숲 토벌은 그리 머지않은 시기에 실시될 것이다.

생각을 정리하기 위해 잠자코 있었더니, 아직까지 내가 고민하고 있다고 생각한 건지 사단장님이 덧붙였다.

"괜찮습니다. 다음 토벌에는 저도 함께 갈 테니까요."

"함께 가주시는 건가요?"

"물론입니다. 당신은 털끝 하나 다치게 하지 않겠습니다. 제가 지켜드리죠."

사단장님의 말에 나는 애매한 웃음으로 대답했다.

사단장님이 '제가 지켜드리죠'라고 말했을 때, 다른 사람이라면 들뜰지도 모른다.

하지만 나는 순수하게 받아들일 수가 없었다.

받아들이지 못하는 내가 나쁜 게 아니다.

그야 '(연구에 필요한) 당신은 털끝 하나 다치게 하지 않겠습니다'라는 부음성이 들린 것 같았으니까.

제3막

숙녀

아침.

평소보다 이른 시간에 눈을 떴다.

오늘 하루는 숙녀의 날이다.

내가 그렇게 부르고 있을 뿐 뭔가 특별한 날인 건 아니다.

숙녀의 날에는 매너나 댄스 등 이 나라의 귀족 자녀들에게 필요한 교양 강의만 듣기 때문에 그런 이름을 붙였다고나 할까.

그리고 평소보다 빨리 일어난 것도 그 때문이었다.

무도회에 가는 것도 아니니 평소와 똑같은 차림을 해도 딱히 상관없겠지만, 주변 사람들이 용서해주지 않았다.

특히 댄스 선생님과 시녀들이 가차 없었다.

몸에 익숙해지도록 평소에도 입는 편이 좋겠다는 선생님의 의견에 따라, 숙녀의 날에는 매번 드레스를 입는 것이 의무처럼 되었다.

시녀들은 단순히 옷을 갈아입히면서 즐기는 것 같았지만.

다만 익숙해지는 편이 좋겠다는 의견에는 동의했다. 그래서 이 날은 드레스를 입고 지내기로 했다.

숙녀의 날에는 드레스를 입을 뿐만 아니라 화장이나 헤어 세트 등 머리부터 발끝까지 차려입기 때문에 아침부터 준비하는 데에 시간이 꽤 걸린다.

그래서 평소보다 빨리 일어나서 왕궁에 가야만 한다.

일어나서 간단하게 준비를 마친 뒤, 아직 해가 다 뜨지도 않은 이른 아침부터 왕궁으로 이동한다.

준비된 방에는 시녀들이 대기하고 있는데, 갖가지 드레스와 구두, 액세서리도 다 준비되어 있다.

의상은 모두 왕궁 쪽에서 준비해주었다.

드레스나 신발 사이즈가 나한테 너무 딱 맞아서 놀랐다.

우연히 있는 물건을 모았을 뿐, 나를 위해 새로 준비한 게 아니라고 믿고 싶었다.

문관에게 그 부분을 확인하고 싶었지만, 그걸 물어보면 이 의상들을 받아야만 할 것 같았기 때문에 무서워서 아직도 물어보지 못했다.

일단 의상은 왕궁에서 빌리고 있는 것뿐이라고 생각하기로 했다.

렌탈 드레스를 보며 오늘은 뭘 입힐까 의논하는 시녀들이 즐거워 보였다.

"여러분, 즐거워 보이네요."

"이렇게 많은 옷 중에서 하나를 고르는 건, 역시 즐거운 일이니까요."

쓴웃음을 지으며 옆에 서 있던 시녀장 마리 씨에게 말을 걸자, 그녀도 쓴웃음을 지으며 대답했다.

숙녀의 날을 위해 대기하는 시녀들은 이곳에 소환되었을 때 신세를 졌던 분들로, 알현 준비를 도와주시기도 했다.

어쩐지 내 전속 시녀인 것만 같았다.

그중에서도 마리 씨는 나보다 조금 연상이었는데, 왕궁에서 나름 오래 근무한 모양이다.

부하인 다른 시녀들을 엄격하게 지도할 때도 있지만, 기본적으로는 사교성이 좋았다.

나이가 비슷하기 때문에 시녀들 중에서 가장 자주 이야기를 나누는 건지도 모른다.

오늘도 시녀들이 드레스를 고르는 사이에 지금 왕궁에서 유행하는 드레스 디자인이나 과자 등의 이야기를 하며 시간을 보냈다.

"오늘은 이 드레스로 하시는 게 어떠신가요?"

잠시 후, 결정을 내린 건지 시녀 하나가 드레스를 들고 내 쪽으로 왔다.

옅은 주황색의 하늘하늘한 드레스.

그렇게 호들갑스러운 디자인이 아니라서 취향에 맞았지만, 색깔이 무척 화사해서 나한테는 너무 화려하지 않나 걱정이 되었다.

"나한테는 너무 화려한 색깔 아닌가요?"

"그렇지 않아요. 보세요."

걱정스러운 마음에 마리 씨에게 의견을 묻자, 문제없다는 대답이 돌아왔다.

거울 앞에서 드레스를 대어 보니 확실히 생각했던 것보다 화려하지 않아서 붕 떠보이지 않는 듯했다.

과연 왕궁 시녀들의 안목은 남다르다고 해야 하나.

"대어 보니 그렇게 화려하지도 않네요."

"이걸로 하시겠어요?"

"네. 부탁드립니다."

드레스가 결정되면 그 다음에는 화장과 머리 세팅을 한다.

그 두 가지는 이제 완전히 그녀들에게 맡긴다.

맡기는 편이 내가 하는 것보다 훨씬 예쁘게 완성되니까.

부탁이라고 해봤자 고작 너무 짙은 화장은 피해달라는 정도였다.

화장하는 동안 드레스에 맞춘 구두와 액세서리가 준비되었다.

화장을 할 때에는 거의 눈을 감고 있기 때문에 어떤 구두나 액세서리를 가져오는지 알 수 없었다.

시녀들의 말소리로 미루어 보면, 드레스를 고를 때와 마찬가지로 즐기고 있다는 게 느껴지지만.

확실히 이렇게 많은 물건들 중에서 이것저것 고르는 건 즐거울 것이다.

일본에서는 일이 바빠서 옷이나 액세서리 같은 건 좀처럼 사러 가지 못했지만, 우연히 외출했다가 이것저것 구경하며 돌아다니는 건 참 즐거웠다.

시녀들도 똑같은 기분을 느끼고 있는 건지도 모른다.

다만, 내가 입는 거라면 별개의 이야기다.

준비된 의상은 내 취향이 반영되었는지 비교적 심플한 게 많았다.

하지만 그건 이 나라를 기준으로 했을 때 그렇다는 이야기일 뿐, 일본을 기준으로 하면 무척 호화로웠다.

이렇게 화려한 옷들을 내가 입는다니, 아직 일본에 있었을 때의 감각이 남아 있는 나로서는 황송해서 자꾸 위축되었다.

차라리 입지 않는다는 선택지도 있었지만, 즐겁게 골라주는 시녀들을 생각하면 거절할 수도 없었다.

그런 이유로 포기하고, 이제 보석 같은 건 이미테이션이라 생각하기로 했다.

애초에 가장 큰 문제는 드레스나 액세서리가 아니었다.

화장이 끝난 뒤에는 드레스를 입으러 가는데, 그때 거쳐야 하는 난관이 있다.

"그럼, 갑니다."

마리 씨의 신호로 리본이 꽉 조였다.

저도 모르게 '윽' 하고 비명을 지를 뻔했지만 가까스로 참았다.

시녀들이 조이는 건 코르셋 리본이었다.

이 나라에서는 부러질 것처럼 가느다란 허리가 이상적이기 때문에 귀족 여성들은 코르셋으로 최대한 허리를 졸랐다.

일단 이세계에서 왔으니 나를 위해서 준비한 드레스들은 이 나라 기준으로 허리가 꽤 굵은 편이라고 한다.

내가 코르셋에 익숙하지 않았기 때문에 시녀들도 적당히 봐주곤 했다.

그래도 입에서 무언가가 튀어나올 것만 같았다.

옛날 사람들이 기절했다는 것도 납득할 수 있을 만큼 괴로웠다.

이쪽 세계에 온 뒤로는 살이 빠져서 코르셋 정도는 괜찮을 거라 생각했는데.

내가 코르셋을 얕보았던 것이다.

설마 이렇게 괴로울 줄이야……

시간이 흐르면 조금은 익숙해져서 괴로움이 줄어들지만, 평소보다 얕은 호흡밖에 할 수 없다.

좀 더 익숙해지면 이 정도도 괴롭지 않게 되려나?

"괜찮으세요?"

"네."

리본을 묶고 나서 축 늘어져 있는데 마리 씨가 물었다.

사실은 무리라고 소리치고 싶었지만 꾹 참았다.

언젠가 익숙해지길 기도하며 오늘도 난관을 넘어섰다.

코르셋을 다 조인 뒤에는 드레스를 입을 차례다.

여기서부터는 빠르게 진행된다.

이렇게 모든 준비가 끝나면 이제 강의를 들으러 간다.

오전에는 매너를 배운다.

걸음걸이나 인사법 등 다양한 행동거지를 배우는데, 의외로 체력이 필요하다.

겉보기에 아름다운 몸동작은 평소에 쓰지 않는 근육을 사용하는 듯했다. 인사를 하는 도중에 자세를 바로잡아 줄 때면 다리 근육이 바들바들 떨렸다.

살짝 운동 부족 기미가 있는 나한테는 조금 힘들었다.

코르셋으로 허리를 졸라매서 더욱 체력 소모가 큰 것 같았다.

강의를 담당하는 선생님도 평소에는 고위 귀족 자녀들을 가르치는 일류 선생님이라고 하는데, 지도가 조금 엄격해서 더 그렇게 느껴지는 것일지도 모른다.

그러나 선생님이 엄격한 만큼 설명을 들은 대로 따라하면 무척 우아하고 아름답게 움직일 수 있으니 보람은 있었다.

"꽤 좋아졌네요."

"감사합니다."

커트시를 지도받을 때 선생님이 칭찬해주셨다.

평소에는 엄하시기 때문에 칭찬을 받으면 무척 기뻤다.

이렇게까지 철저하게 할 필요가 있을까 싶었지만, 한번 시작하면 완벽하게 해내고 싶어하는 성격이라 어쩔 수 없었다.

그러나 매일 그것을 의식하면서 생활하는 이 나라의 귀족들도 참 힘들겠다는 생각이 들었다.

익숙해지면 그 정도는 아닐지도 모르지만.

오후부터는 댄스 레슨을 받는다.

서 있는 방법부터 시작해서 초심자용 스텝을 배웠고, 요즘은 이따금 선생님과 짝을 이뤄 춤을 출 수 있는 수준까지 발전했다.

선생님의 말에 따르면 이 강의는 조금 서둘러서 하는 편이라고 한다.

그래서 매일 방에서 몰래 복습했다.

댄스 또한 익숙하지 않은 자세를 취하기 때문에 처음에는 매일 근육통에 시달렸다.

격렬하게 움직이는 건 아니었기 때문에 생각만큼 체력을 쓰지는 않았지만, 상급자용으로 가면 어떻게 될지 알 수 없다.

미리 체력을 길러두는 편이 좋을지도 모른다.

조금 넓은 이 방에는 나와 선생님만 있었다.

오늘도 스텝을 복습하는 것부터 시작해서 마지막에는 선생님과 짝을 이뤄 춤을 췄다.

박자를 세는 선생님의 목소리에 맞춰 움직이고 있는데, 문을 노크하는 소리가 들려왔다.

지금까지 레슨 도중에 누군가가 온 적은 없었다.

선생님이 춤을 멈추고 문 쪽으로 다가갔다.

누구일까 궁금해서 바라보고 있는데 단장님이 나타났다.

"어쩐 일이세요?"

갑자기 단장님이 나타나서 깜짝 놀랐다.

무슨 일이냐고 물어보자 그가 난감한 듯한 미소를 지어 보였다.

"미안하군. 아직 지도를 받는 도중이었나. 특별한 용건은 없는데……, 어떻게 하고 있는지 잠깐 보러 왔어."

단장님은 잠시 주저하다가 이곳에 온 이유를 가르쳐주었다.

"괜찮다면 견학해도 될까?"

어? 견학이라니?

선생님과는 어찌어찌 춤을 출 수 있지만 다른 사람에게 보여줄 정도는 아니었다.

누군가가 보면 부끄러울 것 같다며 정중하게 거절하려는 순간, 선생님이 먼저 대답했다.

"어서 오세요, 호크님. 안녕하신지요. 괜찮으시면 호크 님도 같이 하시겠어요?"

선생님의 말에 저도 모르게 뒤를 돌아보았다.

단장님도 같이 하자니, 이게 무슨 소리야?

내 시선을 눈치챈 선생님이 웃으면서 이유를 가르쳐주었다.

"가끔은 다른 상대와 춤을 추는 것도 공부입니다."

"그건 그렇지만……."

선생님의 말이 옳다는 나도 알지만, 이제 겨우 짝을 맞춰 춤을 출 수 있게 된 단계였다. 게다가 그조차도 선생님이 리드를 해줘서 어찌어찌 가능한 상태였다.

이런 상태로 단장님과 제대로 춤을 출 수 있을까?

정말 의문스러웠지만 선생님과 단장님은 이미 그럴 의향이 있는 것 같았다.

으음.

나는 그렇다 치고 단장님은 어렸을 때부터 배웠을 테니 단장님한 테 맞추면 어떻게든 되지 않을까?

선생님과 춤을 출 때도 어찌어찌 됐으니까.

망설이고 있는데 단장님이 손을 내밀었다.

나는 부드럽게 미소 짓고 있는 그의 얼굴과 손을 번갈아 바라보 았다.

불안하긴 하지만 이대로 손을 잡지 않는 것도 실례일 것이다.

나는 심호흡을 한 번 하며 마음을 굳혔다.

자세를 바로 잡고 그가 내민 손 위에 왼손을 올리자, 그가 나를 살짝 끌어당겼다.

자연스럽게 내 왼쪽 어깨에 단장님의 오른손이 올라왔다.

나도 단장님의 오른쪽 팔 위에 왼손을 올리고 그를 올려다보았다 가 저도 모르게 헉 소리를 냈다.

가, 가까워…….

아니, 선생님과 연습할 때도 거리가 가깝다는 건 알고 있었다. 알 고는 있었지만!

때때로 둘이서 함께 말을 탄 적도 있었고, 예전에 왕도에 갈 때에 는 좁은 마차 안에서 딱 붙어 있어야만 했던 적도 있다.

그래서 아무리 거리가 가까워져도 이제는 익숙해졌다고 생각했는데.

으음, 마주 보는 자세는 전혀 익숙하지 않았다.

지금까지는 등 뒤나 옆에 붙어 있었으니까.

마주 보았을 때의 부끄러움은 그런 것들과 전혀 비교가 되지 않는다는 걸 절감했다.

"왜?"

"아, 아니에요……."

자신을 올려다보며 그대로 굳어버린 내 모습을 보고, 단장님이 미소 띤 얼굴로 의아하다는 듯이 물었다.

나는 가까스로 대답한 뒤에 황급히 가슴께로 시선을 돌렸다.

귀가 뜨거웠다.

진정하자. 지금은 레슨 도중이야.

다시 한 번 심호흡을 하고, 어떻게든 마음을 가라앉힌 뒤에 고개를 들었다.

마주 보고 있으니 처음부터 단장님에게는 다 들통난 모양이지만, 그는 못 본 척 해주기로 한 모양이다.

선생님이 "시작합니다"라고 말한 것과 동시에 첫 발짝을 내디뎠다.

단장님의 리드에 맞춰 스텝을 밟았다.

다소 어색하기는 해도 단장님이 리드를 잘해주었기 때문에 춤을 추는 것처럼 보였다.

그렇다고 해도 의지만 해서는 안 되지만.

나도 제대로 움직일 수 있도록 지금까지 강의에서 배웠던 걸 하나씩 생각해내며 실천으로 옮겼다.

잠시 후에 머리 위에서 목소리가 들려왔다.

"진정됐어?"

"……네."

아니, 지금 막 진정이 안 되기 시작했는데요.

마음속의 동요를 드러내듯 시선이 이리저리 흔들렸다.

춤추는 쪽에 집중하느라 모처럼 단장님의 존재를 잊고 있었는데, 그를 다시 떠올리자 가슴이 두근두근 뛰기 시작했다.

그걸 아는지 모르는지 단장님이 말을 계속 이었다.

"일본에서는 춤을 춘 적이 없다고 들었는데……."

"네, 그쪽에서는 춤을 출 기회 자체가 없고, 댄스 종류도 다르거든요."

학생 때 운동회에서 추려고 포크 댄스를 배우거나 지역 축제에서 배운 정도일까.

지금 스텝을 밟고 있는 댄스와는 전혀 별개인 게 확실하다.

"그럼 배운 지 얼마 안 된 건가?"

"네."

"그런데 이렇게까지 춤을 출 수 있다니, 재능이 있네."

"네? 아뇨, 그렇지는 않을 거예요."

나에게 댄스 재능이 있다는 생각은 티끌만큼도 한 적이 없기 때문에, 그가 아무리 부추겨도 대꾸해야 할지 알 수 없었다.

황급히 아니라고 하자 단장님이 쿡쿡 웃었다.

아무래도 놀리려고 한 말인 듯했다.

아이 참, 진짜!

조금 분해서 입을 삐죽이면 더욱 웃어버리니 어찌할 도리가 없었다.

"폐하를 알현한 뒤에 배우기 시작했잖아. 내가 배우기 시작했을 때에는 그렇게 춤을 추지는 못했어."

"강의 내용을 빨리 진행하고 있다던데요? 가까운 시일 내에 춤출 기회가 있을 것 같다고 하면서요."

선생님은 가까운 시일 내에 춤을 출 일이 생길 것 같다는 이유로 급하게 강의를 진행하고 있다고 말했다.

귀족도 아니고 왕궁 연구소에 근무하고 있을 뿐인 나에게 초대장 같은 게 올 리 없었다.

이건 희망적 관측일 뿐, 아마 그대로 일이 진행되지는 않겠지만.

요전에 폐하를 알현하기도 했으니 말이다.

애초에 댄스를 배우는 이유는 그뿐만이 아니라, 원래 조금 관심이 있었기 때문이기도 하다.

그렇지 않았다면 설사 문관이 권한다 해도 완고하게 거절했을 것이다.

"앞으로 몇 개월만 있으면 사교 시즌이기도 하니까."

"사교 시즌요? 그런 게 있나요?"

"그래. 시즌이 되면 왕도에서 파티가 많이 열리거든. 세이도 초대받지 않을까?"

역시나.

이렇게 빙글빙글 돌며 춤을 추는 건 즐겁지만, 그렇게 화려한 모임에 나가는 건 조금 미묘했다.

생각이 얼굴에 드러났는지 단장님이 또 웃음을 터트렸다.

"꼭 참가해야 하는 건 한두 개 정도일 거야. 다른 건 거절해도 괜찮아."

"그래도 하나는 꼭 참석해야 하는 거군요?"

"그렇지. 폐하께서 주최하시는 파티라면 그렇지 않을까?"

"네, 그렇죠……."

확실히 국왕 폐하가 주최하는 파티에 초대받는다면 보통 거절할 수 없을 것이다.

그런 생각이 들긴 했지만 내키지는 않았다.

어차피 출석해야 한다면 좀 더 소소한 모임이 낫다.

"나도 파티는 좋아하지 않지만……."

거기까지 말한 단장님이 말을 끊었다. 왜 그런가 싶어서 그의 얼굴을 쳐다보았다.

음…….

왜 그런 눈으로 보세요?

나를 바라보는 단장님의 시선에서 달콤한 기운을 느낀 탓인지 심박수가 올라갔다.

"세이가 참석한다면 에스코트는 내가 해주고 싶어."

"앗!!"

단장님이 얼굴을 살짝 내 쪽으로 기울이며 속삭였다.

그, 그렇게 달콤하게 속삭이는 건 반칙이죠!

비난하는 눈빛으로 그를 쳐다보았지만 그다지 효과는 없었다. 단장님은 웃음을 띤 채 내 대답을 기다리는 듯한 분위기였다.

그때 마침 선생님이 신호를 보내서 댄스가 끝났다.

오늘 강의는 이제 끝이 나서 선생님께 인사를 드렸다.

다른 상대와 처음으로 함께 춤을 춘 것 치고는 잘 췄다고 말해줘서 안심이 되었다.

기분상으로는 중간부터 연습에 신경 쓸 여유가 없었기 때문에 뭔가 한마디 들을 거라 생각했기 때문이다.

나는 단장님이 선생님에게 인사하는 모습을 멍하니 바라보았다.

에스코트라.

파티에 초대 받을지도 모른다는 생각은 했지만, 그 부분은 미처 생각하지 못했다.

혼자 가면 안 되는 걸까?

하지만 주위 사람들이 짝을 지어 입장하는데 혼자 연회장에 들어가는 것도 어쩐지 싫었다.

이상하게 주목을 끌 것 같기도 하고.

모처럼 단장님이 제안해 주셨으니 부탁해볼까?

아, 하지만 에스코트를 받으면 댄스도 단장님과 춰야 하나?

과연 내 심장이 괜찮을까?

"세이?"

끙끙거리며 고민하고 있는 동안, 선생님은 벌써 방에서 나갔고 방 안에는 나와 단장님만 남았다.

내가 생각에 잠겨 있던 탓인지, 단장님은 조금 걱정스러워하는 듯한 표정을 짓고 있었다.

"죄송해요. 잠시 생각에 빠져 있느라."

"괜찮아?"

"네…… . 저, 에스코트 말인데요."

에스코트에 대한 이야기를 꺼내자 그가 더욱 걱정스런 표정을 지었다.

내가 난감한 얼굴로 생각에 잠겨 있던 탓이리라.

미안합니다.

"호크 님만 괜찮으시다면 부탁드리고 싶어요."

"그래! 흔쾌히 응할게."

끝까지 말하자 단장님의 얼굴이 확 밝아졌다.

기뻐 보이는 그의 모습에 조금 따끈따끈한 기분이 들었다.

아직 초대장이 도착하진 않았으니 정말 함께 가게 될지는 알 수 없지만.

단장님에게 에스코트를 부탁하는 건 나쁘지는 않을 것 같았다.

만약 초대장이 도착한다면 어차피 소장님이나 주변 사람들에게 부탁해야 할 테니까. 부탁해야 했을 테고.

파티 같은 곳에는 가본 적이 없으니 누군가 익숙한 사람과 함께 가는 편이 더 안심이 될 것이다.

그런 의미에서는 장래의 걱정거리가 하나 줄어든 건지도 모른다.

나도 참 괜찮은 선택을 한 것 같은데?

그 후, 기뻐 보이는 단장님이 왕궁에 주어진 내 방까지 배웅해주셨다.

◆ ◆ ◆

늘 있는 숙녀의 날.

하지만 오늘은 평소와 달랐다.

"쉰다고요?"

"네."

마리 씨가 오늘은 댄스 강의를 쉰다고 전해주었다.

선생님에게 급한 일이라도 생긴 걸까?

이상하게 여기고 있는데, 한 시녀가 봉투 하나가 얹어진 트레이를 들고 왔다.

마리 씨는 시녀에게 트레이를 받아 내 앞에 공손하게 내밀었다.

"그 대신 매너 강사님께서 과제를 내셨습니다."

"과제요?"

마리 씨는 거기서 말을 끊었다. 나는 봉투를 받아서 뒤로 돌려보았다.

봉투를 봉인한 밀랍에 인장이 찍혀 있었다.

가문 문장인 것 같은데 어느 가문이더라?

어디서 본 것 같은 기분이 들었다.

이 나라의 주요 귀족들의 문장은 강의 시간에 배웠다.

본 기억이 있으니 그 가문 중 하나일 것 같은데, 일단 왕가는 아니었다. 아무리 그대로 왕가의 문장은 제대로 기억하고 있으니까.

바로 생각이 날 것 같지는 않아서 일단 내용을 읽어보기로 했다.

나는 마리 씨에게 봉투를 열어달라고 해서 그 안에 들어 있던 편지를 꺼냈다.

내용을 확인해보니, 아무래도 다과회 초대장인 것 같았다.

개최 시각은 오늘 오후부터.

장소는……, 왕궁?!

왕궁에서 다과회를 열 만한 사람이라면 신분이 꽤 높을 텐데, 대체 누구일까?

의아하게 생각하며 편지를 보낸 사람이 누구인지 확인하려는데 이름이 적혀 있지 않다는 걸 깨달았다.

인장에 찍혀 있는 문장을 보고 추측하라는 뜻인가?

이 가문이라면…….

"세이 님, 오늘 입으실 드레스는 이쪽이 어떠신지요?"

시녀가 갑자기 말을 걸어서 깜짝 놀랐다.

멍하니 생각에 빠져 있었다.

나는 시녀가 내미는 드레스를 보며 어떻게 해야 하나 고민했다.

"오후부터 다과회 초대를 받았는데요."

"어머나! 그럼 오늘은 조금 더 화사한 드레스로 하죠."

"네? 잠시만요!"

아무래도 마리 씨는 과제 내용까지는 파악하지 못했던 모양이다.

그녀는 내가 말릴 틈도 없이 시녀들에게 척척 지시를 내렸다.

이거다 저거다 하는 사이에 평소에 입는 것보다 몇 단계 더 화려한 옷이 준비되었다.

평소보다 더 즐거워 보이는 시녀들을 바라보고 있자니 말릴 수가 없었다.

시녀들이 공을 들여 다과회에 갈 준비를 하는 동안, 나는 아까 봤던 문장을 생각해보았다.

어느 집이었더라?

"왜 그러시나요?"

또 인상을 쓴 채 생각에 잠겨 있던 탓인지, 마리씨가 걱정스레 물었다.

"누가 보낸 걸까 궁금해서요. 초대장에 이름이 적혀 있지 않더라고요."

나는 그렇게 말하며 마리 씨에게 봉투와 편지를 건네주었다.

마리 씨는 편지를 읽고 나서 봉투에 찍힌 봉랍을 보았다.

"확실히 보내신 분의 성함이 적혀 있지 않네요."

"이 초대장에서 주최자를 추측하는 게 과제일까요?"

"그럴지도 모르지만, 다과회에 참석하는 것 자체가 과제일지도 모르죠."

확실히 그렇네.

마리 씨의 말도 일리가 있다.

다과회에서의 매너도 배웠는데, 슬슬 참가는 할 수 있을 정도는 숙련되지 않았을까?

아직 주최자가 누구인지 알 수 없었지만, 종합적으로 포함된 과제라면 마리 씨에게 어느 가문의 문장인지 물어봐도 가르쳐주지 않을 가능성이 높다.

하지만 일단 물어볼까.

"봉랍에 찍힌 문장을 어디선가 본 것 같은데 기억이 잘 안 나네요. 마리 씨는 아시나요?"

"네, 유명한 가문이니까요. 애슐리 후작가의 문장이네요."

그녀는 의외로 쉽게 가르쳐주었다.

후작가라면 그 수가 적으니 당연히 기억하고 있어야 하는 데도 완전히 잊고 있었다.

그런데 그런 집안에 지인이 있던가?

"애슐리 후작가라면 아마 영애님께서 초대하셨겠지요."

"그런가요?"

"네. 영애님은 카일 전하의 약혼자님이시기도 하니까요."

뭐라고?

카일 전하라면 그 카일 전하?

제1왕자?

그렇군, 그런 사람에게도 약혼자가 있었구나.

이 나라에서는 열다섯 살부터 성인이라고 하는 데다 일단은 성인이었으니 약혼자가 있다고 해도 이상하지 않다.

일본이었다면 신기한 이야기처럼 들었겠지만, 이곳에서는 그다지 신기한 일이 아닐지도 모른다.

그런데 왕자의 약혼자쯤 되면 왕궁에서 다과회를 열 수 있나?

아무리 약혼자라 해도 보통은 못 열 것 같은데.

어쩌면 이미 왕궁에서 왕자와 함께 살고 있기 때문에 가능한 것일 수도 있다.

"약혼자분은 왕궁에서 사시는 건가요?"

"아뇨. 평소에는 왕도에 있는 애슐리 후작가 저택에서 살고 계세요."

"왕궁 밖에 사는데 왕궁에서 다과회를 열 수 있어요?"

"이번에는 세이 님의 과제라서 그렇겠지요."

마리 씨는 이번 다과회 같은 경우, 내 과제의 일환으로 성사된 것이기 때문에 왕궁 내에서 열리는 게 아닐까 싶다고 말했다.

아마 애슐리 후작 영애도 선생님에게 그런 이야기를 들었을 거라고도 말해주었다.

그렇겠지.

과제라면서 마리 씨에게 초대장을 건넬 정도이니 주최자가 사정을 모를 리가 없을 것이다.

그렇다면 이번 다과회의 규모는 그리 크지 않을지도 모른다.

장소가 왕궁이라고 적혀 있었으니 얼마나 규모가 큰 다과회에 초대받은 걸까, 라며 당황스러워했는데.

참가하는 것 정도는 괜찮지만, 처음부터 그렇게 큰 다과회에 참석하고 싶지는 않았기 때문에 아주 조금 안심했다.

마리 씨와 이런저런 이야기를 나누는 동안, 화장과 헤어 세팅도 끝이 나서 준비를 마쳤다.

거울에 전신을 비춰 보자 평소보다 훨씬 더 신경을 썼다는 게 느껴졌다.

시녀들은 해냈다는 듯한 표정을 짓고 있었고, 거울 속의 나는 어쩐지 지친 듯이 웃고 있었다.

"어떠신가요?"

"아주 훌륭한 완성품처럼 보이네요."

내 말은 들은 시녀들이 기뻐하는 모습을 보니 아무렴 어떻냐는 생각이 들었다.

그 후에는 오전 강의를 들으러 갔다.

오전 강의가 끝난 뒤에는 보통 점심을 먹지만, 오늘은 다과회가 기다리고 있기 때문에 아무것도 먹지 않고 연회장으로 갔다.

오전 강의 선생님께 물어보니 역시 다과회에 참석하는 것 자체가 과제였던 모양이다.

사람 수도 주최자와 나뿐이라고 해서 마음이 조금 편해졌다.

주최자인 애슐리 후작 영애는 나와 똑같은 선생님께 매너를 배웠다고 한다.

그 인연으로 이번 과제를 도와주게 되었다나.

후작 영애쯤 되면 꽤 높은 분이라 보통은 다른 사람의 과제를 도와주지는 않을 것 같은데, 그녀는 무척 좋은 사람인 듯 이번에도 흔쾌히 승낙했다고 한다.

참 고마운 일이었다.

하지만 그렇게 지위가 높은 영애가 도와주겠다고 했다니, 약간 긴장되기도 했다.

애초에 나하고 이야기가 잘 맞을까?

요즘에는 마리 씨와 꾸미는 것에 관한 잡담도 하고 있는데, 나름 유행을 주제로 이야기를 나눌 수 있게 되었다.

그래도 아직은 한참 멀었겠지만.

다과회 장소는 정원 안에 있는 정자였다.

서양풍이니 가제보라고도 할 수 있을 것이다.

가을의 정원을 즐기며 이야기를 즐기자는 건가.

마리 씨의 안내를 받아 깔끔하게 정리된 정원을 걸어갔다.

저 멀리 정자와 함께 주최자로 짐작되는 사람이 이미 자리에 앉아 있는 모습이 보였다.

저쪽도 나를 알아본 건지 의자에서 일어나더니 정자 밖에까지 마중을 나왔다.

"리즈?"

가까이 다가가자 상대방의 얼굴을 판별할 수 있게 되었는데, 잘 알고 있는 사람이라 깜짝 놀랐다.

리즈가 그 자리에 있었던 것이다.

"제 다과회에 잘 오셨어요, 세이."

생긋 웃는 리즈는 여전히 미인이었다.

그녀는 어딘지 모르게 감쪽같이 잘 속였다고 해야 하나, 제대로 해냈다는 듯 미소를 지었다.

"으음……, 오늘은 초대해주셔서 감사합니다?"

나는 어찌어찌 인삿말을 쥐어짜 냈다.

말꼬리가 올라가서 의문형이 된 건 용서해주길 바란다.

그만큼 놀랐으니까.

리즈가 권한 자리에 앉자, 주위에 대기하고 있던 시녀들이 컵에 차를 따라주었다.

멍하니 그 모습을 바라보고 있는데 리즈가 입을 열었다.

"세이가 드레스를 입은 모습은 처음 봤어요. 평소와 달라서 신선하네요."

"아, 응, 그렇지."

"무척 예쁜 데다 세이랑도 잘 어울려요."

"그런가?"

"물론이죠!"

드레스 차림을 칭찬받자 낯간지러웠다.

아니, 그게 중요한 게 아니라.

"애슐리 후작 영애?"

그렇다.

오늘 다과회에 초대해준 사람은 애슐리 후작 영애이다.

아까 '제 다과회'라는 말을 미루어보면, 리즈가 바로 후작 영애라는 이야기인데…….

그러고 보니 처음 도서실에서 만났을 때 '엘리자베스 애슐리'라고 했던가?

그 뒤로 줄곧 리즈라고 불렀던 탓에 가문 이름은 지금까지 잊고 있었다.

고개를 갸웃거리며 확인하자, 리즈가 생긋 웃으며 대답해주었다.

"제가 말씀드리지 않았던가요?"

"후작 영애라는 말은 못 들었어."

맥이 탁 풀려서 그렇게 대답하자, 리즈가 쿡쿡 웃었다.

작정하고 그런 거지?

"오늘은 강의 과제로 다과회를 열어준 거라고 들었어."

"네, 맞아요. 요즘에는 세이도 도서실에 전혀 안 오잖아요. 그래서 선생님께 이야기를 듣고 기쁘게 받아들였죠."

왕궁에서 강의를 듣게 된 이후로 자연스레 도서실로 향하는 발걸음이 뜸해졌다.

그 이유는 꽤 단순했는데, 강의를 듣느라 바빠졌기 때문이다.

내가 도서실에 가지 않게 된 이후에도 리즈는 몇 번이나 도서실에 갔다고 한다.

듣고 보니 나와 리즈의 접점은 도서실뿐이었다.

게다가 딱히 약속을 잡고 만나는 게 아니라, 서로 편한 시간에 갔다가 만나는 정도였다.

그래서 요즘은 전혀 리즈와 만나지 못했다.

"미안해. 요즘은 완전히 발길이 뜸했네."

"어쩔 수 없죠. 바쁘셨잖아요?"

"그래……. 그런데 나 말고는 초대 손님이 없어?"

"오늘은 우리 둘뿐이에요. 자, 차를 마시면서 천천히 이야기해요."

드디어 다과회가 시작되었다.

강의 과제라고 했으니 동작에 신경을 쓰면서 일단 홍차를 마셨다.

오늘의 홍차는 어쩐지 다즐링 같은 향기가 났다.

왕궁에서 내어놓는 홍차는 하나같이 다 맛있었지만, 다즐링 같은 차는 처음이었다.

"이 홍차 맛있네. 처음 마신 건지도 모르겠어."

"입에 맞으시다니 기뻐요. 저희 집과 계약한 농장에서 만든 거랍니다."

"그렇구나."

과연 후작가다웠다.

아마 독점으로 계약했을 것이다.

홍차뿐만 아니라 담겨 있는 과자도 귀여워 보이는 게 많았는데, 이것까지 전부 다 리즈가 오늘을 위해 준비해둔 것이리라.

약간 단맛이 강한 건 이 나라 과자의 특징이었다.

아무것도 넣지 않은 홍차를 마시고 있어서 그런지 딱 알맞았다.

강의의 연장인 것치고 무척 신경을 쓴 것 같았다.

리즈에게 내 생각을 전하자, 그녀는 기쁘게 미소 지으며 대답했다.

"그건 물론이죠. 세이와의 첫 다과회니까요. 정성을 다했어요."

물론 평소의 다과회도 잘 준비한다고 하지만, 나와의 다과회는 각별하다는 듯하다.

내 취향을 잘 모르기 때문에 이번에는 리즈가 좋아하는 것만 골랐다고 한다.

리즈는 성장하는 도중이긴 하지만 장차 화사한 미인으로 자랄 것 같은 외모의 소유자로, 항상 화려한 분위기의 원색 드레스를 입을 때가 많았다.

하지만 오늘 늘어놓은 과자를 보니 귀여운 느낌을 좋아하는 것 같았다.

베리류 과자는 핑크색이 바탕인 데다 장식도 귀여운 것뿐이었다.

그 점을 지적하자 리즈는 부끄럽다는 듯이 고개를 끄덕였다.

역시 드레스처럼 몸에 착용하는 건 그 사람에게 어울리는가 아닌가를 중시하기 때문에 취향과는 조금 거리가 있는 모양이었다.

오늘은 나밖에 없으니 마음껏 취미를 발휘했다고도 말했다.

그렇게 이야기를 나누다가 요즘 있었던 일로 화제가 옮겨갔다.

"요즘 성녀님 이야기를 들었어요."

리즈가 이야기를 시작했다.

홍차를 마시려던 참이어서 사레들리지 않으려고 고생했다.

"성녀님?"

"네, 멋진 회복 마법을 쓰셔서 많은 기사분들을 구해주셨다고 들었어요."

"와, 그래? 그렇구나."

"토벌에서 잃은 손발까지 성녀님 덕분에 되찾았다고 해요. 치료받은 기사단분들이 엄청 고마워하는 모양이에요."

"와."

"잃어버린 팔다리까지 회복시켜 주시다니, 이 나라에서 으뜸가는 회복 마법 술사예요. 하지만 성녀님은 조금도 잘난 척하지 않고 엄청 겸손한 분이셔서, 기사분들도 신처럼 숭배하고 있대요."

음, 살짝 머리를 감싸 쥐고 싶었다.

숭배라니, 그거겠지.

제2기사단 사람들의 이야기일 것이다.

제3기사단은 그래도 괜찮을 거라 믿고 싶다.

리즈의 말을 들으며 대체 누구를 말하는 거냐고 모르는 척하고 싶었지만, 그녀가 허락해주지 않았다.

"저는 세이가 그렇게나 회복 마법을 잘 쓴다는 건 몰랐어요."

"아, 그래, 그렇겠지."

'다 알아들으셨죠?'라고 말하고 싶은 듯이 웃는 리즈를 보자 솔직하게 말하지 않으면 안 될 것 같았다.

지금까지는 서로에 대해 그리 깊게 파고들어 이야기한 적이 없었다.

그럴 필요가 없었다는 게 가장 큰 이유인데, 이번 기회에 조금 이야기를 나누는 것도 좋을 듯했다.

"마법을 쓸 수 있게 된 건 최근 들어서야."

"그런가요?"

"그 전까지는 쓸 필요가 없었거든."

그 말에 리즈가 희미하게 웃으며 나를 바라보았다.

뭘까?

"마법을 쓰지 않았던 건, 원래 세이가 있던 세계에는 마법이 없기 때문에 익숙하지 않은 이유도 있지 않나요?"

"어?"

"세이도 소환된 거죠?"

나는 무심코 눈을 휘둥그레 떴다.

내가 【성녀 소환 의식】으로 소환됐다는 걸 아는 사람은 꽤 있을 것이다.

물론 내가 떠들고 다닌 건 아니다.

의식으로 소환됐다며 굳이 이야기하고 다니는 건 내가 【성녀】라고 떠들고 다니는 거나 마찬가지니까 그런 말을 할 리가 없다.

그런 고로, 왕궁 쪽에서 설명을 들었으리라고 판단되는 사람들이 알고 있는 것이다.

소장님이나 단장님뿐만 아니라 기사들이나 궁정 마도사들도 알고 있을 테고.

시녀들도 아마 알고 있겠지.

연구소 사람들에게는 확실하게 전달한 적이 없으니, 은근히 알아차린 사람들과 모르는 사람들로 나뉠 듯했다.

무엇보다 연구원들의 반응을 떠올려보니 그런 생각이 들었다.

이 사실을 알고 있는 사람과 모르는 사람의 구별은 아마도 왕궁쪽에서 알고 있는 게 낫다고 판단한 사람과 그렇지 않은 사람의 차이일 것이다.

기사단과 궁정 마도사단은 국방상의 이유로 알아야만 하는 사람들이리라.

시녀들은 원래 소환된 【성녀】를 돌보기 위해 모은 사람들이니 알고 있을 터였다.

따라서 리즈는 알고 있는 편이 좋겠다고 판단될 만한 인물이라고 여겨지지 않았기 때문에, 그녀가 안다는 게 놀라웠다.

"알고 있었어?"

"네."

"언제부터?"

"처음부터요."

"처음이라면 도서실에서 만났을 때부터?"

"그렇게 되겠죠. 하지만 거기서 만난 건 우연이에요."

리즈의 설명에 따르면, 도서실에서 나와 만난 건 정말 우연이었다고 한다.

다만 그 전에【성녀 소환 의식】이 있었다는 걸 알고 있었고, 내 눈동자와 머리 색깔을 보고 아마 소환된 사람일 것이라 추측했다는 것이다.

이 나라에서는 보기 드문 색깔이니까.

확신을 가지게 된 건 도서실에서 이야기를 나눈 뒤였다.

내가 다양한 언어로 적힌 책을 읽을 수 있는데도 문법은 전혀 이해하지 못하는 점에서 그렇게 판단한 모양이다.

하긴, 읽을 수는 있는데 문법을 전혀 모른다는 건 말도 안 되지.

"다른 사람도 그랬고요."

"그래?"

다른 사람이라는 건 아이라를 이야기하는 것이리라.

그러고 보니 리즈도 왕립 아카데미에 다녔던가?

동급생일지도 모른다.

"그쪽도 슬란타니아의 언어나 고어를 읽을 수 있다는데, 문법은 모르는 것 같다는 이야기를 들었어요."

"그렇구나. 그런데 리즈와 아이라는 동급생이야?"

"아뇨. 그분은 한 학년 위예요."

"흐음."

"그보다 세이는 그분을 알고 계시는군요."

"응. 그렇지, 뭐."

이곳에 소환되었을 당시, 시녀나 문관들에게 아이라에 관한 이야기를 들었다.

함께 소환된 아이니까 관심이 가기는 했다. 그 후로 한 번도 만난 적이 없으니 가끔 어떻게 지내나 생각하는 정도였지만, 나름 걱정이 되기도 했다.

"잘 지내니?"

"글쎄요……. 아프거나 하지는 않은 듯해요."

조금 머뭇거리는 리즈를 보며 내가 고개를 갸우뚱하자, 그녀는 난감한 듯한 표정을 지었다.

"무슨 일이라도 있었어?"

"그게……."

그때 리즈가 손을 슥 들자 주위에 있던 시녀들이 썰물처럼 싹 빠져나갔다.

뭐야, 엄청난데?

그 모습에 감탄하고 있는데, 시녀들이 사라진 걸 확인한 리즈가 입을 열었다.

"예전에 곤란한 동급생이 있다는 이야기를 했잖아요. 기억나세요?"

"으음……."

그러고 보니 전에 그런 이야기를 들은 적이 있었다.

분명 인기가 있는 남자애들을 거느리고 다니는 동급생이 있다는 이야기였던 것 같은데. 그 아이가 어쨌다는 거지?

설마…….

"설마 그 동급생이 아이라야?"

그렇게 묻자 리즈는 안타까운 표정으로 고개를 끄덕였다.

나는 무심코 하늘을 올려다보았다.

"그때는 동급생이라고 했는데, 아이라 씨가 맞아요."

"그렇구나."

뭐, 동급생이냐 아니냐는 자세한 설명이 필요한 부분도 아니니까.

"그 후로 어떻게든 해보려고 노력했지만, 좀처럼 잘 안 돼서요."

"약혼자가 있는 남자와 그렇게 사이좋게 지내면 안 된다는 이야기였지?"

"그렇죠."

"아……."

리즈의 이야기를 듣자 어쩐지 먼 눈을 하게 되었다.

일본에서도 약혼자가 있는 이성에게 착 달라붙어서 오해를 불러일으키는 행동을 취하면 빈축을 산다.

약혼자가 아니라 연인이 있는 사람이라도 그렇다.

다만, 이 나라보다 일본에서 문제로 삼는 일들은 많지 않겠지만.

일본에서 문제가 되지 않는 행동이라 해도 이 나라에서는 문제가 되는 경우가 꽤 있다.

가령 더울 때 치마를 펄럭거리거나 이성 앞에서 맨발을 드러내는 행동들 말이다.

나도 리즈한테 혼난 적이 있다.

아이라 또한 마찬가지일지도 모른다.

이 나라의 기준으로는 문제가 될 만한 행동이라는 걸 모르고, 일본에서 친구를 대하는 것과 똑같이 대하고 있다면…….

어라?

하지만 일단 리즈 쪽에서도 몇 번 주의를 줬다고 했었나?

"아이라에게 직접 주의를 줬어?"

"제가 아니라 다른 분이지만, 직접 주의를 준 적이 있다고 들었어요."

"그렇구나. 그런데도 행동에 변화가 없었다고?"

"뭔가 짐작 가는 바가 있으신가요?"

"글쎄…….."

리즈의 질문에 아까 생각했던 내용을 말했다.

아이라와 내가 있었던 일본이라는 나라에서는 문제가 되는 행동의 레벨이 다르다는 것.

이쪽과 비교하면 일본은 꽤 허술하니, 어쩌면 아이라는 그걸 모를지도 모른다.

"그냥 평범하게 교류하는 방법을 생각하라거나 남자와 사이좋게 지내는 건 문제라고 말하는 것만으로는 전달이 잘 안 될지도 몰라."

"그렇군요."

"나도 리즈가 가르쳐줘서 알게 된 거니까. 뭐, 주위 남자들이 이미 가르쳐줬을지도 모르지만."

"그렇지는 않을 거예요."

리즈는 난감한 듯이 웃으면서도 딱 잘라 말했다.

표정은 그렇지 않았지만 어쩐지 그녀의 분위기에서 무서운 기운이 느껴져서 저도 모르게 등이 오싹하게 떨렸다.

실제로 보이지는 않았지만, 등 뒤에 검은 아우라가 번지는 것 같은 분위기였다.

음, 리즈도 무슨 일이 있었던 걸까?

"그런 배려를 할 수 있을 만한 분들이었다면 지금 이렇게 문제가 되지는 않았겠죠."

"그, 그렇지."

지당하십니다.

리즈의 말이 맞다.

어딘가 어이가 없다는 듯한 목소리로 말하는 리즈가 약간 무서웠다.

하지만 왜 이렇게나 화(?)를 내고 있는 거지?

그렇게 생각하던 참에 마리 씨의 말이 떠올랐다.

그러고 보니 리즈의 약혼자는…….

"저기, 혹시 그 남자 중에 리즈의 약혼자도 있어?"

"네."

조심스럽게 질문하자 YES라는 대답이 돌아왔다.

리즈의 등 뒤가 한층 더 어두워진 것처럼 보이는 건 내 착각이라고 생각하고 싶었다.

"리즈의 약혼자는 저기지? 그…….."

"카일 전하예요."

예상했던 대답이 돌아오자 마른 웃음밖에 나오지 않았다.

그렇구나. 그게 약혼자였구나.

"세이도 상당히 불쾌한 일을 겪으셨다고 들었어요."

"응? 아아…….."

소환되었을 때의 일을 떠올려도 이제는 웃음밖에 나오지 않는다.

응. 정말 그건 좀 그랬지.

나는 분명 딱딱한 미소를 짓고 있을 것이다. 그러자 리즈가 자세를 바로잡았다.

이쪽을 보는 눈빛이 무척 진지했다.

"그때의 일은 전하를 대신해서 사과드릴게요."

"뭐? 리즈가 사과할 일이 아니잖아."

"하지만……."

"괜찮아. 리즈가 잘못한 게 아니니까."

아직 불안한 표정을 짓는 리즈의 모습에 나는 가까스로 미소를 지으며 그녀가 신경 쓸 일이 아니라는 걸 어필했다.

약혼자를 대신하겠다는 마음을 이해 못할 것도 없지만, 리즈가 잘못한 일이 아니니 나로서는 대응하기 곤란했다.

"그보다, 지금은 아이라의 문제를 해결할 방법을 생각해볼까?"

"세이도 참……."

더 이상 왕자 이야기를 해도 난감할 뿐이어서 억지로 화제를 전환했다.

리즈는 내 의도를 알아차린 듯했지만, 곤란하다는 듯 중얼거릴 뿐 추궁하지는 않았다.

그런 미묘한 부분을 알아차려주는 게 고마웠다.

그 후로는 아이라를 둘러싼 환경을 어떻게 개선하면 좋을지 의논했다.

둘이서 이것도 아니다, 저것도 아니다, 하고 의견을 나누다보니 어느새 상당한 시간이 흘렀다.

어떻게든 해결할 수 있을 것 같은 실마리가 잡히기 시작한 무렵이었다. 나머지 세세한 부분은 리즈에게 맡기면 문제없을 것이다.

첫 다과회는 이렇게 무사히 끝났다.

무대 뒤

그때 미소노 아이라는 16세 고등학생이었다.

함께 살던 가족은 아버지와 어머니뿐이고, 그녀는 외동딸이었다.

부모님은 맞벌이를 하셔서 아이라 혼자 집에 있는 경우가 많았다.

마침 부모님이 바쁜 시기였다. 그날도 아이라는 심야까지 집에 혼자 있었다.

방에서 잡지를 읽고 있던 아이라는 목이 마른 데다 약간 달콤한 게 먹고 싶어서 맨션 1층에 있는 편의점에 가기로 했다.

현관에서 신발을 신고 문을 열려던 참에 발밑에서 하얀 빛이 넘쳐 나왔다. 아이라는 눈이 부셔서 눈을 감았다.

눈꺼풀 너머로 느껴지는 빛이 가라앉은 뒤, 슬며시 눈을 뜨자 낯선 방에 와 있었다.

'이게 뭐지?'

방금 전까지 집에 있었는데, 눈앞에는 아이라가 모르는 풍경이 펼쳐지고 있었다.

바닥과 벽은 돌로 만들어졌고 자신의 주위에는 낯선 옷차림을 한 사람들이 환호성을 지르며 기뻐하고 있었다.

아이라는 뭔가 영화라도 보는 듯한 기분으로 멍하니 그 광경을 바라보았다.

아이라와 마찬가지로 소환된 사람이 한 명 더 있었지만, 아이라는 그녀를 알아채지 못했다.

다른 여성은 아이라의 오른쪽 대각선 뒤에 앉아 있었다.

아이라도 허용치를 넘어선 상황 속에서 머리가 생각하기를 포기한 탓에 뒤쪽까지는 의식하지 못했다.

그때 아이라가 그녀를 알아채지 못한 게 첫 번째 분기점이었다.

잠시 후 문이 열리는 소리가 들려왔다. 반사적으로 소리가 난 쪽을 쳐다보자 세 청년이 방으로 들어왔다.

그들의 옷차림 또한 낯설었는데, 세 사람은 마치 배우처럼 잘생긴 외모를 지니고 있어서 아이라는 한층 더 영화 같다는 생각을 했다.

세 사람은 아이라를 향해 걸어오더니, 그중 가장 신분이 높아 보이는 붉은 머리의 청년이 아이라 앞에 무릎을 꿇었다.

그리고 미소를 지으며 이렇게 말했다.

"당신이【성녀】인가?"

붉은 머리의 청년, 슬란타니아 왕국의 제1왕자인 카일 슬란타니아의 말은 아이라의 귀에 제대로 들렸다.

하지만 아이라는 그 말을 그저 소리로 인식했을 뿐, 내용까지는 머릿속에 들어오지 않았다.

아이라가 멍하니 카일의 얼굴을 바라보는 동안에도 그는 무언가를 계속 이야기했는데, 그 내용도 오른쪽 귀로 들어와 왼쪽 귀로 흘러나갈 뿐 전혀 이해가 되지 않았다.

아이라가 조금 이상하다는 걸 눈치챈 짙은 감색 머리의 청년, 즉 카일의 소꿉친구이자 현 재상의 아들인 데미안 골츠가 카일에게 뭔가 속삭이자 카일은 일단 이동하자며 아이라의 손을 잡고 일어

났다.

아이라는 카일 일행을 따라서 왕궁의 긴 복도를 지나 볕이 잘 드는 방으로 들어갔다.

긴 복도를 걸어오는 동안에 주위 상황을 살필 만큼 아이라의 마음도 어느 정도 가라앉았다.

방에 있는 소파에 앉은 뒤에야 겨우 아이라에게 카일 일행과 이야기를 나눌 여유가 생겼다.

"다시 한 번 말하자면 나는 슬란타니아 왕국의 제1왕자인 카일 슬란타니아다. 그대의 이름을 물어봐도 될까?"

"미소노 아이라입니다."

아이라는 카일의 질문에 바로 대답했지만, 말하고 나서 성과 이름을 반대로 말해야 하나 싶었다.

"참, 아이라가 이름이에요."

"그래? 아이라의 나라에서는 성과 이름의 순서가 우리와는 다른가 보군."

가냘픈 목소리이기는 했지만 아이라가 드디어 말을 하자, 카일 일행 또한 더욱 깊게 웃었다.

방금 전 의식을 치렀던 소환의 방에서도 아이라에게 자기소개를 했지만, 아이라는 어쩐지 멍하니 반응이 없었다. 카일 일행은 그녀의 모습을 보며 소환에 미비한 점이 있어서 아이라가 건강을 해친 게 아닐까 걱정하던 참이었다.

"저기, 저는 왜 여기에 있는 건가요?"

아이라의 머릿속에 가장 먼저 떠오른 질문이었다.

편의점에 가려고 문을 열었더니 유럽이었다.

실제로는 문을 열지 않았지만, 아이라의 인식으로는 그런 느낌이었다.

아이라에게도 무슨 말을 하는 건가 싶은 내용이었지만.

"우리가 당신을【성녀 소환 의식】으로 소환했지."

"성녀요?"

아이라가 고개를 갸웃거리자, 카일 옆에 서 있던 데미안이【성녀】와【성녀 소환 의식】에 대해 설명했다.

그의 설명을 듣고 아이라는 자신이 마물을 쓰러뜨리기 위해 이세계로 소환되었다는 걸 알게 되었다.

이세계 소환.

만화나 소설에서만 봤던 일이 지금 자신에게 일어난 것이다.

현실성은 희박했지만, 거기까지 이해하고 나자 문득 일본에 돌아갈 수 있을지 의문스러워졌다.

이야기 속에서는 목적을 완수하면 원래 있던 세계로 돌아갈 수 있는 경우도 있었다.

"저……, 그게, 마물을 쓰러뜨리면 원래 있던 세계로 돌아갈 수 있나요?"

"아니, 예전에 소환된 성녀가 원래 있던 세계로 돌아갔다는 이야기는 못 들었어."

아이라는 희미한 기대를 품고 머릿속에 떠오른 것을 물어보았지만, 데미안은 아까 했던 설명을 보충하듯이 가르쳐주었다.

즉, 지난 번 의식이 실시된 건 한참 오래 전인데, 그때 소환된【성녀】가 원래 있던 세계로 돌아갔다는 말은 남아 있지 않다는 뜻이었다.

"돌아갈 수 없나요?"

멍한 표정으로 내던지듯이 말을 중얼거리는 아이라의 모습에, 그
때까지 【성녀】를 소환했다고 기뻐하던 카일의 표정이 의아하게 변
했다.

아이라가 소환된 것은 카일 쪽에는 기쁜 일이었지만, 아이라에게
도 기쁜 일일거라는 보장은 없었다.

카일이 그 점을 깨달은 것은 아이라의 눈에서 눈물이 한 방울 떨
어진 뒤였다.

◆ ◆ ◆

【성녀 소환 의식】을 행하고 시간이 지나 아이라가 슬란타니아 왕국
에 익숙해졌을 무렵, 카일이 왕립 아카데미에 다니라는 말을 했다.

아카데미에는 왕국 귀족 자녀들이 다니는데, 기본적인 학문에 마
법도 배울 수 있어서 【성녀】로서 알아야 할 대부분의 것을 아카데
미에서 배울 수 있다고 한다.

아이라는 그 제안에 즉각 동의했다.

그 무렵, 그녀는 카일에게 의존하고 있었다.

아이라가 눈물을 흘린 이후로 카일은 이래저래 아이라를 돌봐 주
었다.

아이라를 이곳으로 소환한 탓에 그녀가 가족들이나 친구들과 헤
어지게 된 것에 죄책감을 느끼고 마치 속죄라도 하는 듯이.

그 사건으로 인해 카일에게 아이라는 보호해야 할 대상이 되었다.

그는 조금이라도 아이라의 마음을 위로해줄 수 있도록 뭔가 생각

이 떠오르면 당장 행동으로 옮겼다.

카일 또한 아카데미에 다니는 데다, 국왕에 비하면 적기는 해도 공무 수행까지 해야 한다. 그러나 그는 가능한 한 시간을 내어 아이라의 곁에 있으려고 했다.

또한 이 나라에 아무것도 들고 오지 못한 아이라를 위해 유행하는 드레스나 액세서리, 그 외 생필품들과 겉보기에 귀여운 과자 같은 것을 선물했다.

카일의 측근들도 마찬가지였다. 카일이 없는 시간에는 교대로 아이라의 곁에 머물렀고 가지고 온 과자를 먹으면서 이 나라에 관한 이야기나 아이라가 있던 세계에 대한 이야기를 나누며 시간을 보냈다.

달리 의지할 곳이 없었던 아이라는 자신을 애지중지하는 그들에게 점점 더 의존하게 되었다.

외동딸이었기 때문에 부모님도 아이라를 무척 소중히 여겼다.

유복한 집에서 태어난 아이라는 그녀가 원하든 원하지 않든 어렸을 때부터 부모님이 장난감이나 옷 등 다양한 것을 사주었다.

특히 어머니는 아이라에게 귀여운 옷을 입히는 걸 좋아했다.

어머니가 쉬는 날에는 항상 외출용 옷을 입고 이곳저곳에 돌아다니는 일이 많았다.

어머니에게 아이라는 귀여운 인형이었고, 아주 어렸을 때부터 그랬기 때문에 아이라 또한 그런 취급에 의문을 품지 않았다.

어머니가 지시하는 대로 행동하면 아무런 문제도 생기지 않았기 때문이다.

이세계에 소환되어 가족과 떨어지게 된 아이라에게는 카일 일행의 행동이 가족과 겹쳐 보였다.

따라서 그것에 익숙해진 아이라는 아무런 의심도 없이 카일이 주는 걸 받으며 그가 말하는 대로 행동하게 되었다.

아이라에게는 당연한 일이었다.

◆ ◆ ◆

아이라가 제1왕자 카일의 권유로 아카데미에 다니게 된 지 세 달째.

아이라는 순조롭게 능력을 키우고 있었다.

공부를 좋아하지는 않지만 싫어하는 것도 아니었다. 일본에서도 수업은 성실하게 들었고 성적도 우수한 편이었다.

아카데미에서도 마찬가지였는데, 슬란타니아 왕국의 역사나 마법 등 다양한 것을 배웠다.

도중에 편입하긴 했지만 수업 외에도 선생님에게 특별 보강을 듣거나 카일 일행에게 배우자 수업을 어찌어찌 따라갈 수 있었다.

수학이나 자연 과학 등 일본에서도 배웠던 과목은 원래 있던 세계 쪽이 더 발전했기 때문에, 주위 학생들보다 아이라의 성적이 더 우수할 정도였다.

"레벨이 올랐어요."

"축하해. 그럼 다음부터는 이 마법을 써봐."

방과 후 연습장.

아이라는 카일의 측근 중 한 명인 마르크 얀과 함께 마법을 연습했다.

마르크는 백작가의 장남이자 카일의 또래 중 가장 마법에 재능이 있는 학생으로, 장차 궁정 마도사단을 통솔하게 될 것이라고 기대받는 인물이었다.

아카데미에 입학하기에 앞서 확인해보자, 아이라는 세이와 마찬가지로 성 속성 마법 스킬을 지니고 있었다.

성 속성 마법은 과거의 【성녀】들이 반드시 가지고 있던 스킬이었기 때문에, 카일은 아이라가 그 적성을 가지고 있다는 말을 듣고 당연하다는 듯이 만족스럽게 고개를 끄덕였다.

그리고 카일의 지시로 입학한 뒤에는 매일 반드시 방과 후에 카일 일행과 함께 마법 연습을 수행하게 되었다.

카일의 측근 중에서도 마르크와 함께 연습할 때가 많았는데, 이는 마르크의 특기가 마법이기 때문이었다.

마르크의 적성에 성 속성 마법은 없었지만, 그는 바람 속성 외에도 번개 속성 마법을 적성으로 지니고 있었기 때문에 적성이 아닌 속성의 마법도 잘 익히고 잘 다뤘다.

수업과 방과 후 연습 덕분에·아이라의 성 속성 마법 스킬 레벨은 상당한 속도로 올라갔다.

이 점에 대해서 주위 사람들은 카일의 지원을 받아 고급 MP 회복 포션을 충분히 쓰면서 연습한 덕분이라고 생각했다.

마법 스킬 레벨은 스킬을 사용하면 올릴 수 있고, 포션을 쓰면 MP가 고갈될 걱정을 하지 않고 사용 횟수를 늘릴 수 있기 때문이다.

사실은 아이라가 이세계에서 소환된 사람인 데다 이쪽 세계 사람들과 비교하면 기초 레벨과 스킬 레벨이 잘 올라간다는 이유가 더 컸지만.

마찬가지로 세이도 레벨이 잘 올라가서 생산 스킬 레벨도 상당한 속도로 올라갔지만, 그걸 알아차린 사람은 없었다.

전적으로 세이가 보통 생각할 수 없는 양의 포션을 제작하고 있는 탓이었다.

"오늘은 여기까지 하자."

"네."

마르크의 말에 아이라는 고개를 끄덕이며 손을 멈추었다.

그날 준비된 MP 포션을 다 사용하기도 했고, 항상 연습을 끝내는 시간이 되었기 때문이다.

아이라는 마르크와 함께 연습장을 나와 복도를 걸어갔다.

이제 왕궁으로 돌아갈 차례였지만, 마르크는 아카데미 출입구 쪽의 상황이 평소와 다른 것을 깨닫고 눈살을 찌푸렸다.

"마차가 오지 않았군."

평소라면 이 시간쯤에는 왕궁에서 보낸 마차가 데리러 와서 벌써 대기하고 있어야 하지만, 오늘은 보이지 않았다.

카일의 지시로 아이라의 안전을 위해 항상 그의 측근 중 누군가가 아이라의 곁에 있어야 하지만 지금은 마르크뿐이었다.

따라서 마르크가 이곳을 떠나 마차를 부르러 가는 선택지는 없었기에 자연스럽게 마차를 기다리게 되었다.

그러다가 그냥 잠자코 기다리는 것도 지겨워서 서로 띄엄띄엄 소소한 이야기를 나누게 되었다.

마르크는 평소에 아이라가 연습하는 성 속성 마법에 관한 이야기만 했지만, 지금은 다른 속성 마법에 관한 이야기도 해주었다.

다른 사람이 보기엔 전문적이고 어려운 내용도 포함되어 있었으나, 일본에서 자연 과학을 배웠던 아이라로서는 어쩐지 이해할 수 있는 내용이어서 무척 재미있었다.

그리하여 생각지도 못한 즐거운 시간을 보냈는데, 두 사람이 웃으면서 대화하는 모습을 뒤에서 지켜보는 사람이 있다는 건 알아채지 못했다.

"잠깐 시간 좀 내주시겠어요?"

아이라가 아카데미에 꽤 익숙해졌을 무렵, 평소처럼 연습장으로 가고 있는데 누군가가 뒤에서 말을 걸었다.

돌아보자 어딘가 차가운 인상의 미소녀가 서 있었다.

그 소녀가 말을 거는 건 처음이었지만, 여학생들이 이렇게 말을 거는 건 처음이 아니었다.

아이라가 아카데미에 다니기 시작했을 무렵에는 카일 일행 중 누군가가 항상 그녀의 옆에 있었지만, 요즘은 아이라도 아카데미에 익숙해져서 아주 가끔 혼자 있을 때가 있었다.

그럴 때 마치 타이밍을 노린 것처럼 여학생들이 말을 걸어왔다.

말을 걸어오는 여학생들은 몇몇 있었지만, 아이라에게 말하는 내용은 대체로 똑같았다.

왕족이나 고위 귀족의 아들인 카일 전하 일행에게 딱 붙어 다니지 말라거나, 다른 사람의 약혼자에게 손을 대지 말라는 말이었다.

아이라의 입장에서는 이래저래 다 어떤 반응을 보여야 할지 난감한 내용들뿐이었다.

애초에 아이라는 카일 일행에게 딱 붙어 다니려는 생각도 없었거니와 손을 댄 기억도 없었다.

확실히 카일이 무척 잘 대해주는 데다 카일의 측근들 또한 그의 지시를 받았다는 점을 감안하지 않아도 아이라에게 호의적이기는 했으나, 어디까지나 아이라를 소환한 것에 책임감을 느끼기 때문에 잘 대해주는 거라 생각했다.

게다가 여학생들은 카일 일행과 떨어지라고 했지만, 카일 일행 외에 의지할 사람이 없는 아이라로서는 무척 내키지 않는 말이었다.

"나는 엘리자베스 애슐리라고 해요. 카일 전하의 약혼자입니다."

약혼자라는 말을 듣고 아이라는 자연스레 눈살을 찌푸렸다.

엘리자베스 역시 다른 여학생들과 똑같은 말을 할 거라는 생각에.

카일의 약혼자에 관해서는 아이라도 들어본 적이 있었다. 후작가의 영애였나.

"다른 분께 들은 적이 있겠지만, 약혼자가 있는 분과 사이좋게 지내는 건 좋지 않아요."

역시 예전에 말을 걸어온 여학생들과 똑같은 말이었다. 아이라는 한숨을 내쉬고 싶어졌다.

"만약 당신만 괜찮으시다면—."

"무슨 짓이야!!!"

엘리자베스의 말과 겹치듯이 호통 소리가 들려왔다.

소리가 난 쪽을 쳐다보자 카일과 측근들이 험악한 표정을 지으며 다가오고 있었다.

"엘리자베스, 아이라에게 대체 무슨 용건이지?"

카일의 호통 소리는 신경도 안 쓰인다는 듯 엘리자베스는 치맛자락을 잡고 우아하게 인사를 했다.

아이라 쪽으로 성큼성큼 걸어온 카일은 아이라를 감싸듯이 엘리자베스와 그녀 사이에 섰다.

"잠깐 이야기를 하고 있었을 뿐이에요."

"이야기?"

"예."

카일이 여전히 험악한 목소리로 질문하자, 엘리자베스는 서늘한 얼굴로 대답했다.

"아이라 님은 항상 방과 후에 신사분들과 공부를 하시는 모양인데, 괜찮으시다면 저도 도와드릴 수 없을까 해서요."

엘리자베스의 말을 들은 아이라는 놀랐다.

그런 이야기는 하지 않았지만 어쩌면 카일이 말을 막기 전에 그 말을 하려고 했던 게 아닐까.

"필요 없어. 아이라는 내가 돌볼 테니까."

"하지만 전하······."

"【성녀】에 관한 건 내가 전적으로 맡고 있다. 할 말은 그뿐인가?"

"······."

차가운 표정을 짓는 카일의 모습에 여지가 전혀 없다고 생각한 건지 엘리자베스가 입을 다물었다. 그러자 카일이 이제 이야기는 끝났다는 듯이 아이라의 등에 손을 두르고 그 자리를 떠나려 했다.

그때, 또 다른 쪽에서 목소리가 들려왔다.

"아아, 여기 계셨군요."

일동이 그쪽을 돌아보자, 카일과 닮은 화사한 적금색 머리의 소년이 걸어왔다.

슬란타니아 왕국의 제2왕자인 레인 슬란타니아였다.

그는 부드러운 분위기를 풍기며 카일의 곁까지 오더니 온화하게 미소를 지었다.

그런 레인 덕분에 험악했던 공기가 아주 조금 완화되었다.

"형님, 찾고 있었습니다."

"무슨 일이지?"

"헤르초크 선생님께서 부르셔서요."

"선생님께서?"

"다음 주 동쪽 숲 원정 건으로 할 말이 있다고 하시던데요."

"그래."

카일 일행은 아이라의 기초 레벨을 올리기 위해 다음 주에 동쪽 숲으로 마물을 쓰러뜨리러 갈 예정이었다.

다만, 카일 일행의 기초 레벨에서 이미 동쪽 숲의 마물들은 상대도 안 되기 때문에, 예전부터 경호를 담당한 기사단이나 선생님들이 슬슬 남쪽 숲으로 이동하는 게 좋겠다고 제안하고 있었다.

하지만 카일은 아이라에게 만에 하나의 일이라도 있으면 안 된다는 이유로 남쪽 숲 원정을 반대하고 있었다.

따라서 헤르초크가 찾고 있다는 이야기를 듣자 카일의 기분은 다시 하락했다.

아마 또 남쪽 숲으로 이동하라고 권할 것이다.

카일은 진저리를 치면서도 본성이 성실해서 아이라와 측근들을 데리고 헤르초크가 있는 방으로 향했다.

남겨진 레인과 엘리자베스는 서로 얼굴을 마주 보며 쓴웃음을 지었다.

"타이밍이 좋지 않았네요."

"그러게요."

카일과 마찬가지로 제2왕자인 레인과 후작가의 영애인 엘리자베스 또한 어렸을 때부터 친분이 있었기 때문에, 짧은 말이라도 서로 무슨 말이 하고 싶은지 이해할 수 있었다.

타이밍이 좋지 않다는 건 아이라와 이야기를 나누던 도중에 카일이 온 것을 의미했다.

레인은 아이라가 카일 일행에게 둘러싸여 있는 지금의 상황을 좋게 생각하지 않았고, 학생들 사이에 도는 소문도 알고 있었기 때문에 어떻게든 개선할 수 없을까 하고 엘리자베스와 의논했다.

엘리자베스도 카일 측근의 약혼자들에게서 카일 일행을 거느리고 다니는 아이라를 어떻게든 해달라고 부탁받았다.

그래서 서로 의논한 결과, 아카데미에서는 카일 대신 엘리자베스가 아이라를 보좌하는 게 어떨까 하는 결론을 내린 것이었다.

마침 혼자 있는 아이라와 조우한 엘리자베스가 말을 걸었는데, 정작 중요한 내용을 말하기도 전에 카일이 와서 결국 말도 꺼내보지 못했다.

카일은 아이라를【성녀】로서 대했지만 소환된 건 그녀뿐만이 아니었다.

다른 후보는【성녀】특유의 능력을 쓰고 있다는 보고는 없었지만, 다양한 실적을 올리고 있다는 이야기가 레인에게도 들려왔다.

요즘은 다른쪽 여성이야말로【성녀】가 아닐까 하는 소문도 소소하게 들려오는 지경이었다.

아이라 한 명에게만 편중된 형이 위태로워 보여서 레인도 이런저런 제안을 해봤지만, 카일은 고집을 부리며 아이라와 관련된 것만

큼은 받아들여주지 않았다.

때를 봐서 어떻게든 아이라와 접촉해야만 한다. 그런 생각을 하며 레인과 엘리자베스도 아카데미에서 나왔다.

아카데미에서 왕궁에 있는 자기 방으로 돌아온 아이라는 방에 딸린 시녀를 물리고 홀로 침대 위에 쓰러지듯이 누웠다.

육체적인 피로보다는 정신적인 피로가 더 컸다.

아이라는 침대 위에서 뒹굴며 오늘 하루를 돌이켜 보았다.

요즘은 여학생들이 말을 걸어오는 걸 피하려고 가능한 한 카일 일행과 함께 있으려고 했는데 우연히 혼자 있게 되었다.

아니나 다를까 엘리자베스가 말을 걸어왔는데, 그녀는 지금까지의 여학생들과 다르다는 생각이 들었다.

말하는 도중에 카일이 왔기 때문에 무슨 말인지 제대로 듣지 못했지만, 엘리자베스도 카일 일행과 마찬가지로 공부를 가르쳐줄 생각인 모양이었다.

그런 제안을 받은 건 처음이었다.

이쪽 세계에 온 뒤로 주위에는 항상 카일 일행들뿐이었고, 여학생들 중에는 아이라가 친구라 부를 만한 사람이 없었다.

그때 카일이 오지 않고 엘리자베스와 대화를 나눴다면 친구가 될 수 있었을까?

카일이 반대한다 해도 엘리자베스의 제안을 받아들이는 편이 좋지 않을까?

아이라는 잠시 고민해 보았지만 역시 지금의 상황을 바꿔야겠다는 선택을 하지 않았다.

다른 여학생들에게 이런저런 말을 들으면 우울하지만, 그건 자기가 조심하면 피할 수 있는 일이기 때문이었다.

카일 일행과 함께 있는 동안은 여학생들도 말을 걸지 않았다.

엘리자베스의 제안을 받아들인다 해도, 그녀가 말한 것처럼 실행해줄지 알 수 없다는 이유도 있었다.

지금까지 여학생들이 보인 태도를 떠올려 보면, 엘리자베스의 말을 무조건적으로 믿기 힘들었다.

그래서 아이라는 현재의 상황이 지속되기를 바랐다.

엘리자베스의 손을 잡느냐 마느냐.

그것이 바로 제2의 분기점이었지만⋯⋯.

그러고 나서 아이라는 오늘 헤르츠크에게 들은 이야기를 떠올렸다.

카일과 함께 헤르츠크에게 가자, 그는 카일의 예상대로 슬슬 남쪽 숲에서 레벨을 올리는 편이 좋다고 말했다.

아이라의 레벨이 아직 카일 일행을 따라잡지 못했다는 이유로 카일이 동쪽 숲에서 레벨을 올리자고 강변했기 때문에 남쪽 숲에서 레벨을 올리는 건 무산되었지만, 헤르츠크는 아이라의 레벨 정도라 해도 카일 일행이 있으면 문제없다고 했다.

솔직하게 말하자면 아이라는 레벨을 올리는 장소와 관련해서 마음이 조금 불편했다. 카일이 아이라의 레벨이 낮다는 이유를 댈 때마다 카일 일행의 발목을 잡는 것 같다는 기분이 든 탓이었다.

그런 점을 해소할 수만 있다면 남쪽 숲에서 레벨을 올리는 것에 도전해봐도 괜찮지 않을까 싶었지만, 동쪽 숲에서 레벨을 올리겠다고 완고하게 주장하는 카일을 보니 말을 꺼낼 수가 없었다.

"『스테이터스』."

배운 생활 마법 중 하나를 외우자, 아이라의 눈앞에 반투명한 창이 나타났다.

그곳에 표시된 레벨을 보며 아이라는 한숨을 내쉬었다.

지금까지 들은 이야기로는 남쪽 숲의 적정 기초 레벨은 12~20레벨이라고 했다.

아이라의 기초 레벨은 이미 그 수준에 도달했다.

그녀 스스로도 요즘에는 레벨을 올리기 힘들어졌다고 느끼고 있었다.

카일에게 남쪽 숲에 한번 가보고 싶다고 해야 할까?

잠시 그런 고민을 했지만, 아이라는 얼마 안 가 그냥 카일에게 맡기자는 생각을 했다.

그러면 자신을 나쁜 쪽으로 이끌지 않을 것이다.

그렇게 생각한 아이라는 침대에서 일어나 눈앞의 창을 껐다.

```
미소노 아이라      Lv.15/ 마도사
HP : 691/ 691
MP : 1,846/ 1,846
전투 스킬 :
    물 속성 마법: Lv.1
    바람 속성 마법: Lv.1
    성 속성 마법: Lv.1
```

제4막

품종 개량

오랜만에 도서실에 들렀다.

강의가 시작된 이후로는 좀처럼 올 수가 없었는데, 오늘이 되어서야 겨우 올 수 있게 되었다.

곧바로 요전에 허가를 받은 금서고로 향했다.

도서실에 병설되어 있지만 도서실의 일반 구역과 금서고 사이에는 사서들의 대기실이 있는 데가 열쇠가 달린 두꺼운 문으로 나뉘어져 있었다.

그 열쇠는 예사롭지 않은 물건이었는데, 평범한 열쇠처럼 보이지만 사실은 그렇지 않다고 한다.

잘은 모르겠지만 불가사의한 마법적인 기술로 허가를 받은 사람이 아니면 똑같은 열쇠로도 문을 열 수 없다나 뭐라나.

분명 생체 인식 같은 무언가일 것이다.

참고로 금서고 안에서 밖으로 나올 때는 열쇠를 사용할 필요가 없이 자동으로 닫히는 듯했다.

대기실에 있던 사서에게 허가증을 보이며 금서고 문을 열어달라고 한 나는 가려고 했던 서가까지 안내를 받았다.

기존 도서관에도 사람이 그리 많지는 않았지만, 이 금서고에는 한층 더 사람이 없었다.

지금은 사서와 나밖에 없는 거 아닐까?

"찾으시는 약초와 관련된 책은 이쪽과 이쪽 서가에 있습니다."

"감사합니다."

오늘의 목표인 서가 앞에 도착하자 사서는 돌아갔다.

나는 당장 서가를 뒤졌다.

열람에 제한이 있는 만큼 서가의 책은 가지고 나갈 수 없도록 쇠사슬이 달려 있었다.

쇠사슬은 꽤 길이가 길어서 서가 근처에 있는 책상과 의자까지 가져갈 수 있는 듯했다.

눈에 띄는 책을 두세 권 골라서 그쪽에 앉았다.

이곳에 있는 책은 도서실에 있는 책과 비교하면 꽤 낡아 보여서 페이지를 넘기는 것조차 조금 긴장이 되었다.

나는 내가 찾는 정보가 없는지 조심조심 책을 뒤졌다.

목적은 상급 HP 포션에 쓰이는 약초보다 효과가 더 높은 약초를 찾는 것이다.

도서실에 놓인 약초 관련 책은 거의 다 읽은 듯하다.

상급 포션에도 사용되는 약초가 도서실 책들에 기재되어 있었지만, 그것보다 더욱 효과가 좋은 약초는 기재되어 있지 않았다.

어쩌면 금서고에 있는 책에는 실려 있을지도 모른다는 생각에 이렇게 찾아왔는데, 역시 정답이었던 모양이다.

예상했던 대로 금서고에 있는 책에는 도서실 책에 실려 있지 않았던 약초에 관한 기술도 드문드문 있었다.

그뿐만 아니라 같은 약초라 해도 기재된 내용이 더 상세하다고 해야 하나…….

응.

'이렇게 취급하면 약간 멋진 효과가 있는 포션이 만들어집니다' 등의 기술도 여기저기에서 보였다.

무슨 효과였는지는……, 못 본 걸로 하자.

열중해서 책을 읽었지만 아무리 그래도 몇 권이나 계속 읽었더니 조금 피곤해졌다.

잠깐 쉬자고 생각하며 고개를 들었다가 옆에 사람이 서 있다는 걸 깨달았다.

"힉."

깜짝 놀라 몸을 바르르 떨며 무심코 비명을 질렀다.

옅은 어둠 속에 희미하게 떠 있는 도자기 가면. 아니, 얼굴.

어느새 사단장님이 곁에 와 있었다.

음, 사단장님이 맞겠지?

무표정하게 책을 내려다보고 있으니 얼굴이 단정한 탓에 가면처럼 보였다.

"사단장님?"

사단장님에게 말을 걸자 그는 이쪽을 쳐다보며 천천히 미소를 지었다.

"약초를 찾으시나요?"

"네. 맞아요……. 그런데 사단장님은 언제부터 거기 계셨어요?"

"조금 전부터요. 언제 알아차릴까 싶어서 기다리고 있었습니다."

"말을 거시지 그랬어요."

"열심히 책을 읽고 있는 것 같아서 방해하기가 조금 그랬거든요."

확실히 집중해서 책을 읽기는 했지만, 이렇게나 가까이 있는데도 눈치채지 못할 수가 있나?

사람이 오는 기척이 전혀 안 느껴졌는데.

고개를 들자마자 바로 옆에서 인기척이 느껴져서 무척 놀랐다.

여전히 두근거리는 가슴을 진정시키고 있는데, 사단장님이 책장을 넘겼다.

"누군가 죽이고 싶은 사람이라도 있습니까?"

"네?"

그가 무슨 말을 하는 건지 짐작이 가지 않아서 어안이 벙벙했다.

왜 갑자기 그런 걸 물어보는 거지?

"여기에 실려 있는 건 모두 독초지요?"

사단장님이 가리킨 페이지를 보자, 확실히 독초밖에 실려 있지 않았다.

아니, 이 책은 독초만 모아놓은 책이었다.

그, 그게, 독도 어떻게 쓰느냐에 따라서는 약이 된다고 하니까.

결코 본래 용도로 쓰려던 건 아니라고.

"아무리 독이라 해도 사용법에 따라 약이 되는 것도 있으니까요."

"아, 그렇군요."

뭔가 다른 의미로 납득했다는 듯이 고개를 끄덕이는 것처럼 보였지만 정말로 그랬다.

정말이라고요.

"그래서 뭘 찾고 계셨나요?"

"음, 지금 포션의 재료로 쓰는 약초 외에 HP나 MP를 회복할 수 있을 만한 약초를 찾고 있어요."

"현재 레시피로 만들어진 약초를 제외하고, 인가요?"

"네."

사단장님이 의아해해서 지금까지 연구했던 경위를 설명했다.

그리고 상급 포션에 쓰이는 약초보다 효과가 높을 것 같은 약초를 찾고 있다는 이야기도.

이야기를 다 들은 후 사단장님은 "그렇군요"라고 말하며 턱에 손을 댄 채 생각에 잠겼다.

"포션 제조법은 약초와 물을 넣고 마력을 쏟으며 끓이는 거지요?"

"네, 맞아요."

"세이 님은 식물에도 미량의 마력이 있다는 걸 아시나요?"

"네? 그런가요?"

처음 듣는 이야기다.

사단장님의 말에 따르면, 마력량의 차이는 있지만 이쪽 세계의 생물은 모두 마력을 지니고 있다고 한다.

이 사실은 사단장님이 연구를 하는 과정에서 알아차린 것으로, 그다지 널리 알려진 사실은 아닌 듯했다.

그리고 그걸 바탕으로 그가 어드바이스를 해주었다.

포션의 성능을 올리기 위해 약초가 지니는 마력에도 주목해보는 게 어떠냐고 말이다.

일반적으로 약초를 포션으로 만들 때 그 효능이 올라가는 건 제조 과정에서 주입하는 마력의 영향이라고 한다.

사단장님도 내가 만드는 포션의 성능이 다른 사람이 제조한 것에 비해 5할 증폭되는 건 제조 과정에 들어가는 마력 때문일지도 모른다는 생각을 했다고 한다.

"약초가 세이 님의 마력을 지닌다면, 한층 더 성능이 올라갈지도 모르겠네요."

"그런 게 가능한가요?"

"글쎄요?"

틸썩.

그 부분이 중요한데 사단장님도 짐작 가는 게 없다고 했다.

사단장님이 말한 것처럼 약초가 나와 똑같은 마력을 지닌다면 성능이 올라갈 것 같지만, 어떻게 마력을 지니게 할지가 문제였다.

"도움이 되어드리지 못해 죄송합니다. 마법에 대해서라면 힘이 될 수 있지만……."

"아뇨, 약초의 마력 이야기는 참고가 됐어요. 감사합니다."

사단장님이 면목 없다는 듯 말했지만, 그의 어드바이스 덕분에 조금이라도 광명을 찾은 것 같았다.

마침 시간이 다 되어 일단 금서고를 나가 연구소에 돌아가기로 했다.

약초가 마력을 지니고 있다는 이야기는 처음 들었으니 연구원들도 모를 가능성이 높았다.

하지만 약초에 대해서는 사단장님보다 그들이 더 잘 알 것이다.

그들과 의논을 해보면 약초에 내 마력을 부여하는 방법이 나올지도 모른다.

나는 조금 두근거리는 마음으로 사단장님과 헤어졌다.

◆ ◆ ◆

연구소에 돌아와서 연구원들과 이야기를 나누었다.

역시 대단하다고 해야 할지, 약초가 마력을 지니고 있다는 사실을 아는 사람이 몇몇 있었다.

다만 약초에 자신의 마력을 보유시킨다는 생각은 아무도 해본 적이 없었는지, 사단장님의 어드바이스를 전하자 다들 놀랐다.

일반적으로 자신의 마력을 지니게 하는 것만으로도 약의 효능이 올라갈 거라고 생각하는 사람은 거의 없을 것이다. 그래서 약초에 어떻게 마력을 부여해야 하는지 아무도 짐작이 가지 않는다고 했다.

뭐, 모른다면 어쩔 수 없지.

이런저런 시험을 해보면 그만이다.

"그러니까 주드, 도와주지 않겠어?"

"갑작스럽네. 뭘 도와주면 돼?"

쓴웃음을 지으면서도 도와주려는 걸 보면, 주드는 역시 좋은 사람인 것 같다.

우선 마력을 품은 물이 생성되는지 확인해보았다.

꽃을 잘라서 색깔이 있는 물에 담가 두면 꽃잎에 물이 든다.

그걸 응용해서 마력을 품은 물에 담아두면 어떻게 될까, 하는 생각이 들었다.

그러나 마력을 띤 물을 생성하는 방법은 몰라서, 알고 있을 가능성이 높은 주드에게 물어보았다.

주드의 적성에는 물 속성 마법이 있기 때문이다.

안타깝게도 모른다고 했지만.

시험 삼아 물 속성 마법으로 마력을 띤 물을 생성할 수 있지 않을까 도전해보았다. 물 속성 마법으로 물을 생성할 때에 평소보다 마력을 더 많이 써보는 등 여러 가지 시험을 해보았지만 번번히 실패했다.

"발상 자체는 좋은 것 같지만, 애초에 세이가 물을 생성해야만 하는데 물 속성 마법으로 만들면 안 되지 않아?"

"그건 나중에 생각해보려고 했지."

이런저런 시도를 해본 후에 주드가 그런 말을 해서 생각하고 있던 걸 말하자 어이가 없다는 듯한 반응이 돌아왔다.

주드의 말대로 나는 물 속성 마법을 쓸 수 없다.

그래서 물 속성 마법으로 물을 생성하려고 하는 게 소용없다면 소용없는 일이지만, 첫 번째 시도로써 시험해보는 것 정도는 괜찮지 않나 생각했던 것이다.

물 속성 마법으로 생성하는 건 포기하고, 다음으로 마법 부여를 할 때와 비슷한 느낌으로 생성할 수 있지 않을까 시험해보았다.

핵이 될 만한 광물에는 마법을 부여할 수 있으니, 물에도 부여할 수 있지 않을까.

결과는 참패였다.

마법 부여를 할 때처럼 가능하겠다는 느낌이 전혀 들지 않았다.

이건, 그거다.

할 수 없을 것 같다는 감각이다.

"하지만 물에 마법을 부여하겠다니 참신하네."

"그래?"

"내가 알고 있는 한 그런 걸 하려는 사람은 본 적이 없거든."

"뭐, 보통 마법이 부여된 물 같은 걸 어디에 써야 할지 모를 테니까. 필요하지 않으면 해보려는 사람도 없을 테고."

그렇게 말하기는 했지만 게임 속에 성수 같은 아이템이 있었던 게 떠올랐다.

그리고 보니 언데드 계열의 마물을 공격할 때 쓰지 않았나?

게임 설정상 성수를 뿌리면 마물이 잠시 동안 가까이 오지 않는 효과가 발휘되었다.

성수 제조법은……, 어떻더라?

축복을 하면 됐었나?

어딘가에서 그런 이야기를 들은 적이 있는 듯했다.

그런데 축복은 어떻게 하는 거지?

비커에 담은 증류수를 손에 들고 끙끙 고민하고 있는데, 주드가 걱정스럽다는 듯 말을 걸었다.

"왜 그래?"

"으음, 축복은 어떻게 하는 걸까 싶어서."

"축복이라니?"

"이쪽 세계에는 성수가 없어?"

"성수? 으음, 들어본 적이 없네."

세상에, 성수는 존재하지 않았다.

그렇다면 축복해주는 방법 같은 것도 없을 것이다.

만에 하나의 경우를 생각해서 주드에게 확인해 보았으나 역시 몰랐다.

어쩐지 마법과 관련된 이야기가 될 것 같으니 사단장님에게 물어보는 게 빠를 것 같았다.

문득 밖을 보자 어느새 해가 져서 어둑해질 무렵이었다.

주드와 다양한 실험을 하는 사이에 시간이 흐른 모양이었다.

사단장님에게는 내일 물어보는 게 좋을 것 같다.

오늘 실험은 끝내기로 했다.

"축복이요?"

이튿날 마법 강의 때 사단장님에게 물어보았다.

단순히 축복이라는 성 속성 마법에 대해 알고 있냐고 물어봤는데, 사단장님도 생각나는 게 없다고 한다.

어쩌면 이름이 다를지도 모른다는 생각이 들었다. 그래서 그 결론에 이를 때까지의 경위를 설명했다.

성수에 대해 설명할 때 언데드 계열의 마물에게 효과가 있다고 하자 사단장님의 눈이 반짝인 건 착각이 아닐 것이다.

그 후, 수업은 제쳐두고 원래 있던 세계의 게임 속 마법 개념 이야기에 열중했다.

"축복이라는 건 신체 강화 등도 가능할 것 같다는 이미지가 있어요."

"그래요? 세이 님이 있던 세계에서는 축복에 여러 가지 효과가 있군요."

"마법 자체는 존재하지 않았으니 단순한 상상이지만요."

"그래도 꽤 흥미로운 개념입니다. 이쪽에서는 신체 강화 마법은 있지만 언데드 계열 마물에 특화된 마법은 존재하지 않거든요."

"특화된 마법이 없다는 건, 마법으로 쓰러뜨릴 수 없다는 뜻인가요?"

"그렇지는 않습니다. 어디까지나 특화된 게 없을 뿐, 일반적으로는 불 속성 마법 등으로 쓰러뜨립니다."

거기까지 이야기한 후, 사단장님은 뭔가 깨달은 듯 턱에 손을 대고 생각에 잠겼다.

축복이라는 마법은 없는 듯하지만, 뭔가 달리 짐작 가는 바가 있는 걸까?

"언데드 계열뿐인 건 아니지만, 마물 섬멸에 특화된 마법은 존재합니다."

"그런 마법이 있나요?"

"네. 하지만 그 마법은 존재한다고만 전해질 뿐 자세한 건 알 수 없습니다."

사단장님은 항상 띠고 있는 미소도 거두고 진지한 표정으로 말했다. 나는 그의 모습을 보며 저도 모르게 침을 꼴깍 삼켰다.

존재 여부만 전해지고 세세한 건 불분명하다니, 평소에 쓰는 속성 마법은 아닐 것이다.

속성 마법이 아닌 마법으로는 생활 마법 정도밖에 떠오르지 않는데, 속성 마법보다 간단한 생활 마법을 감추지는 않을 터였다.

그렇다면 전혀 다른 계통의 마법인가?

"마법의 이름이 뭔가요?"

"이름도 붙어 있지 않습니다. 단, 그 마법을 사용한 사람은 기록에 남아 있어요."

"혹시……."

"성녀님이 쓰신 술법이죠."

역시 그렇구나.

도중에 어렴풋이 눈치채긴 했지만.

그런데 【성녀】가 쓰는 술법의 세부 사항이 남아 있지 않은 건 문제 아닌가?

나중에 성녀가 된 사람은 어떻게 그 마법을 배운 걸까?

"술법의 상세한 내용은 기록되어 있지 않나요?"

"네. 남아 있는 건 무척 빠른 속도로 마물을 섬멸할 수 있다는 등 효과에 대한 기록이 대부분입니다."

"과거의 성녀님은 어떻게 그 술법을 배웠을까요?"

"그것도 판명되지 않았습니다."

지저스.

결국 그 이상의 정보를 알아낼 수는 없었다. 그 후에는 평소처럼 마법 강의를 받으며 하루를 끝냈다.

◆ ◆ ◆

이튿날 아침.

나는 약초원 한쪽에 있는 개인용 밭의 약초에 물을 주면서 어제 사단장님에게 들은 【성녀】의 술법을 떠올리며 깊은 생각에 빠져 있었다.

마력을 포함한 물을 생성하는 건 지금 상황에서 어려울 것 같아서 반쯤 포기했다.

너무 빨리 포기하는 것 같다는 생각이 들었지만, 정말 필요한 건 마력을 포함한 물이 아니라 내 마력을 보유한 약초이기 때문이다.

약초에도 수분이 포함되어 있으니, 외부에서 마력을 포함한 물로 바꿀 수 있다면 약초에 포함된 수분도 바꿀 수 있지 않을까 싶었다.

다만 문제는 외부에서 영향을 주는 방법인데…….

사단장님의 말에 따르면 축복에 해당하는 마법은 존재하지 않지만, 비슷한 마법은 존재하는 듯했다.

언데드 계열뿐 아니라 모든 마물을 섬멸하는 데에 특화되어 있다는【성녀】의 술법.

예전에 문관도 그런 말을 한 적이 있다.

이 술법은 축복이 아니라 정화라고 한다.

단어가 주는 인상만 보면 기대하는 효과가 없을지도 모른다.

하지만 달리 아무런 수가 없는 상황에서 들어온 정보 중 하나였다.

일단 해보자는 정신으로 시험해보는 것도 나쁘지 않을 것이다.

문제는 술법의 세부 사항을 모른다는 것.

그 효과는 문헌에 실려 있지만 간단하게 기술되어 있었는데, 마물을 섬멸한다고만 적혀 있는 경우가 많았다.

나머지는 고작해야 마물과 장기의 인과관계에 주목해서 장기를 정화한다고 적힌 문헌이 있었다.

다른 마법이었다면 실려 있을 법한 이름조차 없었다.

그런 기술만으로 어떻게 술법을 쓰라는 거지?

무슨 의도로 그렇게까지 숨기는 건지 잘 모르겠지만, 골치 아픈 이야기인 것은 분명하다.

자, 어떻게 할까.

마력, 마력. 그렇게 생각하면서 내 마력을 아무렇지 않게 주위에 방출했다.

대상 범위는 내 밭이었다.

다른 사람의 밭에 영향이 있으면 안 되니까.

눈앞에 있는 약초를 주시해 보았지만 역시 차이는 없었다.

단순히 마력을 씌우기만 해서는 안 되겠지.

이대로 줄곧 계속 마법을 쏟아부으면 뭔가 효과가 나타날지도 모른다.

그런 생각에 잠시 바라보았지만, 변화는 없고 내 마력이 끊길 것 같아서 적당한 때에 마력 방출을 그만두었다.

"『에어리어 힐』."

그대로 마법을 외우자, 지면에 마법진이 나타나고 금색 반짝이가 섞인 하얀 안개가 나타났다.

안개가 잦아든 뒤에 다시 약초를 보자…….

기분 탓인지 아까보다 더 건강해진 것 같았다.

『힐』은 식물에도 효과가 있구나…….

하지만 내가 찾는 효과는 이게 아니었다.

건강해지기만 해서는 안 된다.

나는 좀처럼 잘 안 된다며 한숨을 한 번 내쉬었다.

약초를 관찰하기 위해 쭈그려 앉은 자세로 마법을 발동시키느라 왕창 소모된 마력이 회복되기를 기다렸다.

포션을 마셔서 회복하는 경우가 많지만, HP나 MP는 내버려두어도 자연스럽게 회복이 된다.

그리고 마법 강의에서 특훈을 받은 마력 조작은 MP 회복 속도에도 영향을 주는 모양이었다.

회복을 하면서 스테이터스를 바라보고 있으면 그런 실감이 났다.

훈련을 지속한 덕분인지 강의를 받기 시작했을 무렵과 비교하면 회복 속도가 빨라졌다.

어느 정도 마력이 회복되었을 때 일어나서 다시 마력을 방출했다.

그리고 나서 강의에서 배운 성 속성 범위 마법을 전부 외웠다.

어쩌면 뭔가 기대했던 효과가 나타날지도 모른다는 생각이 들었기 때문이다.

뭐, 기대는 완전히 배신당했지만.

질리지도 않고 평범한 마법까지 몇 개 써봤지만 그것도 전멸이었다.

독이나 마비 같은 상태 이상을 회복시켜주는 '퓨리피케이션'은 효과가 있지 않을까 생각했는데.

실망해서 하늘을 올려다보니 태양이 꽤나 높이 떠 있었다.

슬슬 강의를 받으러 왕궁에 가야 한다.

물을 줄 겸 실시한 실험은 여기까지 하고, 나는 나갈 준비를 하러 연구소에 돌아갔다.

강의를 다 듣고 나니 밖이 완전히 어두웠다.

연구소라는 곳의 특성상 주위에도 아직 사람이 조금 남아 있긴 했지만, 보통은 벌써 업무가 끝났을 시간이었다.

나도 예외 없이 강의가 끝난 뒤에 돌아와서 연구하기 시작했다.

뭐, 막혔지만.

그래서 멍하니 실험 기구를 바라보며 생각에 잠겨 있는데, 뒤에서 목소리가 들려왔다.

"뭐야, 여전히 잘 안 돼?"

"예, 전혀요."

익숙한 목소리였기 때문에 굳이 뒤를 돌아보지 않아도 누가 말을 걸었는지 알 수 있었다.

실험 기구를 응시한 채 어깨를 으쓱하며 질문에 대답하자, 소장님이 옆에 다가와서 섰다.

"아침에는 약초원에서 마법을 연발하던 모양이던데, 그것도 관계 있어?"

"알고 계셨어요?"

"아침부터 그렇게나 펑펑 발동시켰으니 당연히 알지."

알아챘다는 그의 말에 나는 무심코 쓴웃음을 흘렸다.

확실히 식물과 관련이 있어 보이는 물 속성 마법이나 흙 속성 마법이라면 그렇다 쳐도, 약초원에서 성 속성 마법을 쓰는 사람은 없을 테니 상당히 눈에 띌 것이다.

곁눈질로 흘끔 쳐다보니 소장님도 쓴웃음을 짓고 있었다.

"뭔가 알게 된 거라도 있어?"

"글쎄요……. 식물에도 마법 효과가 있는 것 같다는 정도일까요."

"흐음."

내 대답에 소장님이 흥미롭다는 듯 눈을 가늘게 떴다.

감정 마법을 쓸 수 없으니 정말 효과가 있는지 없는지는 알 수 없지만, 『힐』을 걸었을 때 약초가 건강해진 것 같기는 했다.

그렇게 말하자 소장님은 턱에 손을 대고 잠시 생각한 뒤에 입을 열었다.

"성 속성 마법도 식물에 효과가 있다는 건, 다른 속성의 마법도 뭔가 식물에 영향을 줄 수 있을 것 같네."

"성 속성 마법**도**, 라니요?"

"응."

소장님의 말이 조금 신경 쓰여서 물어보자, 그가 식물에 영향을 끼치는 속성 마법에 대해 가르쳐주었다.

흙 속성 마법 중에는 식물에 영향을 주는 마법이 많은데, 약초원에서도 마법으로 재배하기 어려운 귀중한 약초를 키운다고 한다.

소장님의 적성 중에는 흙 속성 마법이 있기 때문에, 연구소에 배정되자마자 흙 속성 마법을 사용해 그런 일만 했다고 한다.

다만, 아무리 연구소라 해도 그런 방법으로 약초를 키우는 데에 이용할 수 있는 마법은 흙 속성 마법과 물 속성 마법 정도뿐이지만.

애초에 성 속성 마법에 적성이 있는 사람이 적은 데다, 그런 사람은 궁정 마도사단이나 기사단에 취직하는 경우가 많다.

그래서 나를 제외하면 성 속성 마법에 적성이 있는 사람은 연구소에 없었기 때문에, 성 속성 마법이 식물에 영향을 준다는 걸 알아차린 사람도 없었던 모양이다.

그 이야기를 듣고 난 후, 나는 사단장님에게 들은 이야기를 소장님께 전했다.

약초도 마력을 지니고 있다는 것, 약초가 내 마력을 지닌다면 성능이 더욱 뛰어난 포션을 만들 수도 있다는 것, 그래서 그 방법을 모색하고 있다는 것 등.

맞장구를 치며 내 말을 들어주던 소장님은 이야기가 대충 다 정리된 후에 입을 열었다.

"그래서 아침부터 마법을 쓴 거야?"

"네. 기대하는 효과는 얻을 수 없었지만요."

"그렇군."

"이제 시도해보지 않은 건【성녀】의 술법 정도인 것 같아요."

"【성녀】?"

"네. 사단장님에게 의논했을 때 들었는데……."

내 입에서【성녀】라는 단어가 나오자 소장님이 의아한 표정을 지었다.

당연하다면 당연한 반응이었다.

그렇게나【성녀】를 피하고 있던 내가 먼저 이야기를 꺼냈으니.

그리하여, 식물에 마력을 보유시키는 방법에서 시작된 이야기가 성수 쪽으로 이어져【성녀】의 술법까지 가게 된 경위를 설명했다.

"그렇군. 하지만【성녀】의 술법이라면……."

"뭔가 아시나요?"

"아니. 나도【성녀】의 이야기는 알고 있지만, 항간에서 떠도는 정도밖에 모르거든."

"그렇군요."

"그 드레베스 사단장도 모른다면 왕궁에 아는 사람이 없을 것 같은데."

기대하지는 않았지만 소장님도 모른다니, 정말 어떻게 해야 좋을지 알 수 없었다.

생각했던 것처럼 잘 진행되지 않는다며 낙담하고 있을 때, 소장님이 아무렇지도 않게 불쑥 중얼거린 말에 관심이 끌렸다.

"의외로 문장으로 남길 수 있는 게 아니었을지도 모르지."

"네? 무슨 뜻이에요?"

"우리가 사용하는 마법은 이름이나 효과 등 누가 써도 변하지 않는 공통점이 존재하잖아."

"그렇죠."

"그래서 그걸 아는 사람이라면 누구든지 마법을 사용할 수 있도록 마법 교과서에 문장으로 남길 수 있지. 하지만 【성녀】의 술법은 그렇지 않을지도 모른다는 생각이 들었거든."

"요컨대 이름이 없거나 쓰는 사람에 따라 효과가 달라질 수도 있다는 말씀인가요?"

"그래. 술법의 발동 방법도 다를지도 모르지. 공통점이 없다면 문장으로 남긴다 해도 딱히 도움이 되지는 않을 테니까."

"그렇군요."

정말 그런 걸까?

설령 공통점이 없다고 해도 무언가를 남길 법한데.

어쩌면 다른 이유가 있는 게 아닐까.

뭐, 생각을 해봐야 소용이 없는 일이지만.

지금은 【성녀】의 술법에 대해 생각해보자.

소장님의 말마따나 이름이 없을지도 모른다.

【성녀】의 술법이라고 불리지만 다른 마법처럼 주문을 외치기 위한 이름인 것 같지는 않았다.

효과는 어떨까?

문헌에 남아 있는 내용으로 짐작해보면 마물을 섬멸하는 효과는 공통적일 것이다.

다른 효과는 없었을까?

솔직하게 말해 다른 효과가 없다면 곤란하다.

그럼 식물에 마력을 부여할 수 없을 테니까.

하지만 따로 적혀 있지 않았으니 마물을 섬멸하는 효과 이외의 다른 효과는 없을 가능성이 높다.

그리고 지금 가장 알고 싶은 건 술법의 발동 방법이다.

그것만 알아낸다면 그래도 이런저런 시도를 해볼 수가 있다.

하지만 발동 조건에 관한 건 전혀 기술되어 있지 않다고 한다.

설마 『【성녀】의 술법』이라 외치면 쓸 수 있다거나, 그런 건 아니겠지…….

"【성녀】의 술법은 어떻게 발동되는 걸가요?"

"글쎄. 그건 나보다 드레베스 사단장에게 물어보는 편이 낫지 않겠어?"

"으음, 요전에도 이것저것 물어봤거든요."

소장님의 말이 일리가 있지만, 사단장님에게는 지난번에도 이것저것 캐물어봤었다.

강의와 상관없는 내용을 몇 번씩이나 되묻는 것도 내키지 않았다.

마법에 관한 일이니 기꺼이 함께 생각해줄 것 같지만.

조금만 더 스스로 생각해보고, 그래도 생각이 나지 않으면 물어볼 것이다.

나는 소장님께 잠시 휴식을 취하고 오겠다고 말한 뒤에 연구소 밖으로 나왔다.

줄곧 방에 틀어박혀 있는 것도 생각이 제자리걸음을 하는 원인일 것이다.

신선한 바깥공기를 마시면 뭔가 좋은 생각이 날지도 모른다.

그런 생각이 들었다.

랜턴을 들고 밖으로 나오자 바람이 살며시 불어왔다.

낮에는 아직 햇살이 뜨겁지만, 밤에 부는 바람은 꽤 서늘해진 듯했다.

연구소 바로 옆에 놓여 있는 벤치에 앉아 문득 하늘을 올려다보니 달과 별이 보였다.

옛날에 읽은 소설처럼 이세계라 해서 달이 두 개라거나 색깔이 다르지는 않았다.

다른 점이라면 일본에 비해 불빛이 적어서 그런지 별이 많다는 점일까.

이곳에 와서 처음으로 별이 많다는 걸 깨달았을 때는 감동했다.

소환된 지 한 달 정도 지났을 무렵일 것이다.

이래저래 안정된 것처럼 보였지만 안정되지 않았던 때였다.

뭐, 그럴 만도 하다.

갑자기 이세계에서 소환되었으니까.

게다가 나는 소환되자마자 방치된 것이다.

문관에게 다시 일본으로 돌아갈 수 없다는 말도 들었다.

다시 떠올리니 화가 조금 났다.

처음에 겪었던 소란 때문에 이쪽 세계에서 평범하게 생활할 수 있도록 기반을 다져야겠다고 생각했다.

왕자의 태도가 저러니 언제 왕궁에서 나가라고 할지 모르니까 말이다. 게다가 나 스스로가 이곳에 머물고 싶지 않았던 이유도 있다.

결국 어쩌다보니 약용식물연구소에 취직할 수 있게 되어서 머무르고 있지만.

참, 그런 일도 있었지.

조금 안정되었을 무렵, 방에서 밤하늘을 올려다보았다.

그로부터 몇 달 정도 지난 지금은 일본을 떠올리는 일도 줄어들었다.

처음에는 부모님과 형제, 친구들과 만날 수 없다는 사실에 슬퍼한 적도 있었다.

물론 지금도 그 생각을 하면 마음이 조금 아프다.

하지만 원래 생각의 전환이 빠른 탓인지, 아니면 이세계 특유의 신기한 일들에 정신이 팔려서 그런 건지……, 아픔이 서서히 줄어드는 것 같았다.

고작 몇 달 만에 이렇게 되다니, 내가 상당히 박정한 건가?

소환된 뒤로 줄곧 불우한 대접을 받았다면 또 달라졌을지도 모르지만, 실제로는 그렇지 않았다.

왕자는 그렇다 치고, 다른 사람들 중에는 상냥한 사람이 많았으니까.

주드나 소장님, 연구원들은 물론이고 그 후에 알게 된 단장님과 제3기사단 사람들.

다정한 사람들에게 둘러싸여 있는 사이에 연구소는 이제 완전히 내가 있을 곳이 되었다.

그래서일까. 그렇게나 피하고 있었던 【성녀】와 관련된 일까지 직시하게 된 것은.

줄곧 못 본 척했는데.

그도 그럴 게, 잘 알고 있는 사람이 곤란한 모습을 보이면 신경이 쓰이기 마련이니까. 게다가 말로만 듣는 게 아니라 실제로 보면 더더욱 마음이 쓰인다.

그런 이유 때문에 포션의 성능 향상을 연구 내용으로 골랐다.

내가 할 수 있는 일이 누군가에게 도움이 되면 기쁠 것이다.

문득 제3기사단의 단장 집무실에서 단장님이 고맙다고 했던 일이 떠올랐다.

이곳에 막 왔을 때의 일을 떠올렸기 때문일까.

딱히 고맙다는 말이 듣고 싶어서 그러는 건 아니었지만, 그런 말을 들으면 무척 기쁘다.

그런 생각을 하고 있는데 가슴 쪽이 뭉근하게 따뜻해졌다.

………………..

………….

…….

어라?

가슴의 한가운데, 심장 위쪽 근처를 손으로 살짝 눌러 보았다.

가슴이 따뜻해졌다고 해도 그건 단순히 감정을 나타내는 말일 뿐, 실제로 따뜻해지는 건 아닐 텐데.

하지만 어쩐지 정말로 따뜻했다.

대체 뭐지?

고민하는 동안에도 가슴에서 점점 따뜻한 것이 샘솟는 느낌이 들었고, 심지어 내 안에서 넘쳐 나올 것 같다는 생각까지 들었다.

대체 뭐지?!

갑작스럽게 벌어진 일에 허둥지둥하며 당황하고 있는데, 끓어오른 무언가가 정말로 나에게서 넘쳐흐르는 바람에 눈으로 볼 수 있게 되었다.

범위 마법을 쓸 때처럼 나를 중심으로 안개가 퍼져나갔다.

베이스는 하얀 입자 같은 것이었으니 내 마력과 연관이 있겠지만, 반짝거리는 금색 입자가 평소보다 짙어서 하얀 안개라기보다는 금빛 안개라고 말하는 편이 알맞을 정도였다.

이게 뭐야.

안개는 점점 더 퍼져나갔는데, 평범한 마법 정도였다면 슬슬 발동시킬 수 있을 것만 같았다.

하지만 평소와는 다른 색의 안개였기 때문에 그건 아닌 것 같다는 생각이 들었다.

문득 눈앞에 있는 약초 밭이 시야에 들어왔다.

안개는 이미 밭까지 침식하고 있었다.

그때, 단 한 가지 생각이 떠올랐다.

혹시 지금이라면…….

딱히 기독교인인 건 아니지만, 어쩐지 손을 맞잡고 기도하는 형식을 취하게 되었다.

왜 그런 포즈를 취했는지는 잘 모르겠다.

왠지 이렇게 해야 할 것 같았다.

그리고 부디 잘 되기를 기도했다.

밤인데도 불구하고 금색 안개가 더욱 강하게 반짝여서 주위가 밝아졌다.

그 순간, 빛이 한층 더 밝게 빛났다가 터졌다. 하늘에서 금색 입자가 반짝반짝 떨어져 내렸다.

환상적인 광경을 보니 한숨이 절로 나왔다.

위를 바라보고 있던 시선을 아래로 내리자 안개로 뒤덮였던 부분의 약초 주위를 금색 입자가 덮고 있었다.

광채는 곧 사라졌지만.

"무슨 일이야?!"

이변을 눈치챘는지 소장님이 연구소에서 황급히 뛰어나왔다.

그렇게나 빛이 반짝였으니 눈치챌 법 했다.

"으음, 그게……."

내가 애매한 미소를 지으며 난감하다는 듯이 웃자 소장님이 미간을 찌푸렸다.

자, 이제 어떻게 설명해야 할까.

나 또한 영문도 모르는 채 수수께끼 현상을 일으킨 것이니 설명하기가 힘들었다.

고민하고 있자, 소장님의 시선이 나에게서 발밑의 약초 쪽으로 옮겨갔다.

소장님은 의아한 얼굴로 주저앉아서 약초를 뚫어져라 바라보았다. 그리고 약초를 하나 따서 관찰하기 시작했다.

그는 다시 잠시 동안 주위에 있는 약초를 바라보더니 이번에는 안개가 닿지 않았던 곳의 약초를 하나 땄다.

두 개의 약초를 손에 들고 비교한 후, 소장님이 내 얼굴을 올려다보았다.

"너, 무슨 짓을 한 거야?"

"그게, 저도 뭐가 뭔지 전혀……."

주변이 어두워서 그런지 소장님이 가지고 있는 두 약초는 전혀 차이가 없는 것처럼 보였지만, 소장님의 태도로 미루어 보면 뭔가 차이가 있는 모양이다.

나는 전혀 모르겠지만.

일단 방금 전에 일어났던 일을 순서대로 설명하자, 소장님은 어이가 없다는 듯 한숨을 내쉬었다.

"뭐, 그래. 일단 안에 들어가자."

소장님은 완전 지쳤다는 듯이 말하더니 연구소로 걸어가기 시작했다.

죄송합니다. 항상 생각이 떠오르는 대로 행동을 일으켜서.

그에게 마음속으로 사과하며, 나도 소장님의 뒤를 따라 연구소로 돌아갔다.

"뭔가 변화가 있었나요?"

"겉보기로는 거의 다를 바가 없지만……."

소장님도 자신이 없는지 살짝 머뭇거리며 가르쳐주었다.

연구소 책상 위에 약초들을 올려놓았다. 언뜻 보기에는 같은 종류의 약초처럼 보이지만, 자세히 관찰하면 다른 듯하다.

내용물이.

내용물이라니 그게 뭐야?

식물이 지니고 있다는 마력을 말하는 걸까?

잘 모르겠으니 그건 또 나중에 소장님에게 물어보자.

지금은 변질되었다는 눈앞의 약초가 신경 쓰였다.

"그 말은……."

"세이. 이걸로 시험 삼아 포션을 만들어봐."

소장님의 말을 듣고 두 개의 약초를 이용해 각각 포션을 만들었다.

조심조심 작업하다가, 마력을 쏟는 단계에서 차이를 느꼈다.

감각이긴 하지만 꽤나 분명하게.

포션이 완성되자 언뜻 봐도 확실히 알 수 있을 정도로 차이가 났다.

"아름답네요……."

"그래."

병에 담긴 포션을 위로 기울여 램프 빛에 가져다 대니 확실하게 알 수 있었다.

포션에 하늘하늘 떠 있는 금색 입자가 빛을 반사하며 반짝거렸다.

지금까지 만들었던 포션에는 이런 입자가 뜬 적이 없었다.

"이 포션의 성능은……."

"조사해보기 전이어서 뭐라 말할 수 없지만, 지금까지 썼던 것들보다는 좋아 보이네."

소장님이 어이가 없다는 듯 웃으며 그렇게 대답했다.

그런 표정은 짓지 마세요.

어쩔 수 없잖아요. 이미 완성되어 버렸으니.

그 후에 조사해보자 예상했던 대로 이번에 제조한 포션은 지금까지 내가 만들었던 것보다 더 성능이 뛰어났다.

효과는 딱 5할 증폭의 5할 증폭.

이런 곳에서도 저주가…….

더욱 자세히 조사해보니 수수께끼의 마법으로 강화된 듯한 약초를 쓰면 다른 사람이 만들어도 기존 성능의 1.5배인 포션을 제조할수 있다는 걸 알게 되었다.

나중에 깨달은 것이지만, 강화된 약초는 한 세대만 유지되고 그씨앗으로도 원래 약초가 날 뿐 강화된 약초가 나오지는 않았다.

아무래도 강화된 약초를 만들려면 내 손을 거치는 수밖에 없는듯했다.

누구나 성능이 좋은 포션을 만들 수 있게 된 건 기쁘지만, 결국내가 없으면 재료를 만들 수 없다는 점이 조금 아쉬웠다.

그리고 또 하나, 그 수수께끼의 마법을 다시 발동시킬 수 있을지도 문제다.

몇 번 시도해 보았지만 아직 재현하지 못했다.

그때 영문을 모르는 채로 발동시킨 탓에 조건을 알 수 없었다.

마법이 발동되었을 때를 떠올리며 이런저런 시도를 해보고 있기는 하지만.

이쪽도 차차 조사해야 할 것이다.

뭐, 이야기를 들은 사단장님이 기쁘게 조사에 협력해 주신다고했으니, 그리 머지않은 미래에 재현할 수 있으리라.

제5막

토벌

소환된 지 아홉 달째.

요 며칠 동안 강의가 끝난 뒤에는 오랜만에 연구소에서 포션 제작에 힘썼다.

그것도 상당히 늦은 시간까지.

왜냐하면 단골인 제3기사단뿐 아니라 제2기사단에서도 포션 주문이 들어왔기 때문이다.

단순히 계산해봐도 평소보다 갑절은 만들어야 했지만 전혀 문제없었다.

나는 포션을 한꺼번에 만들어서 재료만 있으면 그 정도 양은 아무렇지 않았기 때문이다.

나는 원래 전문적으로 포션을 만드는 사람보다 더 많은 양을 하루 만에 만들 수 있다.

기초 레벨이 높고 MP가 많기 때문이라고 생각했는데, 그것만으로는 설명할 수 없는 양을 만들 수가 있다.

아마 스테이터스에 기재된 직업이 원인인 것 같지만, 지금까지 그것을 입 밖으로 꺼낸 적은 없다.

언젠가 누군가가 눈치채기 전까지는 잠자코 가슴속에 묻어둘 것이다.

게다가 마력 조작 훈련을 한 것도 효과를 발휘해서, 포션을 만들 때 필요한 시간이 단축되었다.

마력 조작 능력을 기르면 마법 발동까지 걸리는 시간을 단축시킬 수 있다는 이야기는 들었지만, 포션 제작에도 영향을 끼칠 거라고는 생각지도 못했다.

설마 마력과 관련된 모든 일에 영향을 주는 걸까.

마력 조작이 영향을 끼치는 범위는 무척 넓었다. 그래서 그 부분을 중시하는 사단장님은 역시 대단하다는 생각이 들었다.

그렇게 포션 제작에 몰두하고 있는데 소장님이 왔다.

이미 밤늦은 시간으로 접어들었을 때였다.

이런 시간까지 소장님이 연구소에 남아 있는 건 드문 일이었다.

무슨 일이라도 있었나?

"열심히 하네."

"감사합니다. 이번에는 양이 많아서요."

"제2기사단에서도 주문해서 그래?"

"그렇죠. 이 다음에도 매번 주문을 할까요?"

"그럴지도 모르지. 지난 번 서쪽 숲 토벌에서 우리 포션의 성능을 보고 놀랐다고 하더라고."

"그런가요?"

"응. 정확하게 말하자면 네가 만든 포션을 보고 말이야."

5할 증폭의 저주가 걸려 있으니까요.

나는 마음속으로 그렇게 중얼거렸다.

그건 그렇고, 제2기사단에서 계속 주문을 넣고 있으니 연구소 수입이 점점 더 늘어나겠네.

나중에 실험용 자재를 추가해달라고 부탁해 봐야겠다.

마침 갖고 싶은 약초가 있으니까.

조금 비싼 약초라서 구입을 자제하고 있었는데, 지금이라면 예산이 나올지도 모른다.

그건 그렇다 치고, 무난한 대화로 이야기가 시작되었지만 본론은 따로 있을 것이다.

소장님의 분위기에서 긴장감을 조금 느끼는 바람에 그런 생각이 들었다.

본론이 무슨 내용일지는 대략 예상이 갔다.

아마도 그 이야기일 것이다.

"오늘 왕궁에서 심부름꾼이 왔어. 이번 토벌에 회복 요원으로 참가해주길 바란다더군."

"소장님에게요?"

"바보 같은 소리 하지 마. 너 말이야."

역시나 예상했던 내용이었다.

너무나도 예상대로라 무심코 얼버무릴 정도였다.

"그런가요? 알겠어요."

"……꽤 순순히 받아들이네."

"예전부터 이야기가 나왔던 일이니까요."

"조금 더 싫어할 거라 생각했는데."

쓴웃음을 짓는 소장님을 보며 나도 쓴웃음으로 대답했다.

언젠가는 토벌 지원 요청이 있을 거라 생각했다.

소장님뿐만 아니라 사단장님과도 이야기했던 일이니 말이다.

며칠 전에 사단장님도 "슬슬 서쪽 숲에 가도 괜찮을지 모르겠네요"라고 했었다.

토벌하러 가는 게 싫은지 어떤지 묻는다면, 조금 미묘했다.

토벌이라고 말할 정도니 물론 마물과 조우할 것이다.

지금까지 숲에 간 적은 있어도 마물과 조우한 적은 없기 때문에 마물이 어떤 건지 잘 모르지만, 서쪽 숲 토벌에서 돌아온 기사들의 참상을 보면 목숨이 위험하다는 것만은 틀림없다.

그런 곳에 가는 것이니 무섭지 않을 리가 없다.

하지만 이번에는 아마 제3기사단 사람들과 함께 갈 것이다.

그들은 동쪽이나 남쪽 숲에 같이 갔을 때에도 줄곧 우리를 지켜줬다.

나는 마물과 만나지 못했지만, 다른 연구원들은 마물을 만났던 모양이다.

그때 연구원들도 도와줬다고 하는데, 나중에 그들이 피해를 입지 않도록 기사단분들이 잘 움직여줬다는 말을 들었다.

이번에도 기사분들이 그렇게 해줄 것이다.

평소에 접했을 때에도 좋은 사람들뿐이었으니까.

성 속성 마법밖에 쓰지 못해서 비전투원에 속하는 나를 갑자기 마물 앞에 세우지는 않을 터였다.

그런 이유로, 마물이 무섭긴 해도 그렇게 비관하지는 않았다.

그리고 그런 기사들을 지원하는 것도 싫지 않았다.

오히려 흔쾌히 해야겠다는 생각이 들었다.

게다가 사단장님은 서쪽 숲에 가는 걸 몹시 기대하고 있었다.

숲속의 장기와 내 마력이 어떤 작용을 일으킬지 보고 싶다나.

서쪽 숲에 갈 수 있을 것 같다고 이야기할 때, 그의 엄청나게 반짝거리는 눈빛이 그렇게 말하고 있었다.

뭐라고 해야 하나, 사단장님은 정말 흔들림이 없는 사람이다.

사단장님만 기대하고 있는 건 아니다.

토벌은 그렇다 치고, 나도 서쪽 숲에 가는 걸 조금 기대하고 있다.

내가 숲에 가는 걸 기대하는 이유는 약초 때문이다.

숲속에는 약초원에 없는 약초가 자란다.

지금까지 가보았던 동쪽과 남쪽 숲에도 다양한 종류의 약초가 자라고 있었다.

숲에 따라 식생이 미묘하게 다른 모양이라, 동쪽 숲에서 보지 못했던 약초를 남쪽 숲에서 발견한 적도 있다.

그러니까 서쪽 숲에도 동쪽이나 남쪽 숲에서 보지 못했던 약초가 자라고 있지 않을까 기대하는 중이다.

하지만 다른 숲의 마물들과 비교했을 때 서쪽 숲의 마물이 강하다고 하니, 토벌 도중에 약초를 살펴볼 여유가 있을지는 미지수였다.

지난번에 연구소 사람들과 함께 토벌에 간 건 예외였던 듯, 참가하는 연구원은 나뿐이고 약초를 잘 아는 연구원들은 연구소에 남는다고 한다.

그래서 새로운 약초가 자라고 있다 해도 내가 알아차릴 가능성은 낮다.

자주 보는 약초라면 알아볼지도 모르지만……

토벌 전에 서쪽 숲에서 자라는 약초에 대해 예습해두자.

"싫어하기는커녕 어쩐지 즐거워 보이네."

"네? 그런가요?"

약초에 관해 생각하고 있었더니 얼굴에 다 드러난 난 모양이다.

소장님의 표정이 쓴웃음에서 어이없는 웃음으로 바뀌었다.

"어차피 새로운 약초를 찾을 수 있을지도 모른다는 생각을 했겠지."

"아, 들켰나요?"

"약초에 열심인 건 좋지만, 네가 쓸 포션도 만들어둬."

"제가 쓸 포션이라니요?"

"MP 포션이라든가 필요하지 않겠어?"

"듣고 보니 그러네요."

소장님이 말씀하시기 전까지는 전혀 생각도 못하고 있었지만, 토벌에 가게 되면 내가 쓸 포션도 만들어둬야 할 것이다.

HP 포션은 그렇다 쳐도 MP 포션은 필수다.

HP와 MP 모두 자연적으로 회복되긴 하지만, 포션을 마셨을 때와 비교하면 회복 속도가 느리니까.

토벌 같은 긴급 상황에서는 느긋하게 기다릴 수 없는 경우도 있을 터였다.

좋아, 오늘의 할당량은 달성했으니 내가 쓸 포션도 조금 만들어둘까.

밤늦은 시간이라고 해도 일본에서 일할 때와 비교하면 아직 일을 끝내기에는 이른 시간이었다.

그리하여 소장님이 돌아간 뒤에도 포션 제작에 힘썼다.

◆ ◆ ◆

가을이 되어 해가 뜨는 시간도 꽤 늦어졌다.

자명종이 없는데도 이런 시간에 일어날 수 있게 되다니, 나도 상당히 이쪽 세계에 익숙해졌다는 생각이 들었다.

애초에 그것만이 일찍 일어난 이유는 아니었지만.

마치 소풍 가기 전날 밤의 아이처럼 어쩐지 두근거려서 잠을 제대로 잘 수가 없었다.

소풍가는 아이와 달리 기대뿐만이 아니라 불안도 뒤섞여 있었지만.

오늘은 서쪽 숲을 토벌하러 출발하는 날이다.

나는 침대에서 일어나 먼저 이를 닦았다.

이를 닦으며 오늘의 예정을 되짚었는데, 그러다 보니 정신이 점점 잠에서 깨어났다.

세안을 하고 화장품으로 정리하는 것까지가 평소의 루틴이었지만, 토벌 중에는 이렇게 여유를 부릴 시간이 없을지도 모른다는 생각도 들었다.

일단 자그마한 병에 화장품을 옮겨 담아 가져갈 짐 속에 넣어 두기는 했지만.

그것이 다 끝나고 나면 이제 옷을 갈아입을 차례다.

오늘부터 며칠 동안은 평소에 입는 옷을 입지 않는다.

토벌에 입고 가는 건 궁정 마도사단 사람들이 입는 것과 똑같은 로브다.

드레스와 다르게 로브는 혼자서도 입을 수 있다.

전투를 하는 경우도 있어서인지 움직이기 쉬웠고, 답답한 느낌은 들지 않았다.

당연하다면 당연한 일이려나.

로브는 며칠 전에 받았는데, 알현할 때 입었던 것처럼 화려한 로브가 아니어서 다행이었다.

그렇게 예쁜 옷은 숲속에서 눈에 띌 테고, 더럽혀버릴까 무서워서 토벌을 할 때 불편할 것 같았다.

머리도 잊지 않고 정리했다.

평소에는 내리고 있지만, 오늘은 방해가 되지 않게끔 옆머리를 뒤로 묶어서 머리핀으로 고정했다.

몸단장을 끝낸 뒤, 나는 준비해둔 짐을 들고 복도로 나갔다.

일을 시작하기에는 이른 시간이었지만 인기척이 났다.

아마 제3기사단에 포션을 가져다주기 위해 빨리 나온 사람들이리라.

연구소 입구가 조금 소란스러웠다.

기사단에서 의뢰를 받은 포션은 어제까지 전부 납품을 끝냈다.

하지만 이번에는 내가 참가하기로 해서 추가 포션을 가져가기로 했다.

물론 제3기사단에게는 미리 전달해두었다.

갑자기 가져가면 용량 오버로 짐에 실을 수 없게 될지도 모르니까.

그리고 그 포션을 운반하는 짐마차에 나도 같이 타고 가게 되었다.

"안녕, 세이."

"안녕. 주드도 동원된 거야?"

"아, 응. 뭐, 그렇지."

연구소 입구로 가자 주드가 있었다.

포션을 기사단까지 운반하는 데에 동원된 걸까?

이렇게 이른 시간에 주드가 일어나 있는 걸 본 적이 없는데, 일어나느라 힘들지 않았을까.

기사단에게 주문을 받은 포션은 밑에서 일하는 사람들이 운반할 때가 많다.

가끔 변덕을 부려서 연구원 중 누군가가 옮길 때도 있다.

예전에는 내가 휴식을 겸해서 기사단까지 배달해줄 때가 많았는데, 요즘은 강의를 듣기 때문에 다른 사람들이 운반해주고 있었다.

오늘은 꽤 이른 아침에 운반해야 하니 당연히 밑에서 일하는 사람들이 옮길 거라 생각했는데, 주드가 이곳에 있다는 건 그가 운반한다는 뜻일까?

"혹시 주드가 운반하는 거야?"

"응."

"아침에 일어나기 힘들었지? 이른 아침이라 밑에서 일하는 사람들이 운반할 거라 생각했는데."

"그게 좀⋯⋯, 마음이 내켜서?"

생각한 걸 말로 옮기자 미묘한 대답이 돌아왔다.

조금 신경이 쓰여서 고개를 갸웃했지만, 주드는 명확한 이유를 가르쳐주지 않았다.

뭐, 아무렴 어때.

더 이상 그를 추궁하지 않고 포션을 싣는 걸 도왔다.

다 싣고 나면 출발이다.

"세이."

"소장님?"

짐차에 짐을 다 싣고 출발하려는 참에 소장님이 말을 걸었다.

주드에 이어 소장님까지 있다니 신기하다.

"어쩐 일이세요?"

"어쩐 일이냐니, 너도 참······. 배웅하러 왔잖아."

"네?!"

배웅이라니······. 그런 것 때문에 이렇게 이른 아침에 출근한 거
야?

깜짝 놀라자 소장님이 무척 어이없다는 표정을 지었다.

소장님뿐만 아니라 주드까지.

어? 뭐야? 내가 잘못한 거야?

"뭐, 됐어. 토벌은 힘들겠지만 조심해서 다녀와라."

"감사합니다."

"위험하다고 느끼면 도망가. 알겠어?"

"아, 네."

평소답지 않게 진지한 표정으로 말하는 통에 반사적으로 고개를
끄덕였다.

게다가 덤으로 머리까지 쓰다듬어 주었다.

왜 그러지?

이상하다고 생각하면서도 점점 출발할 시간이 다가와서 더 이상
추궁하지 않고 짐마차에 올라탔다.

"그럼 다녀올게요."

나는 인사 한마디를 남긴 뒤 짐마차에 올라타 연구소를 출발했
다.

마차가 달리기 시작하는 것과 동시에 뒤를 돌아보며 손을 흔들자, 소장님과 밑에서 일하는 사람들도 손을 흔들어주었다.

"어쩐지 엄청 호들갑스럽네."

잠시 후, 방금 전에 의문스럽게 생각했던 것을 입 밖으로 내자 옆에 앉아 있던 주드가 쓴웃음을 지었다.

그러고 보니 주드도 어처구니없다는 표정을 지었지.

"그거야 당연하지."

"응?"

"토벌을 하러 가는 거니까. 나도 아카데미에 있을 때 가본 적이 있는데 그때는 동쪽 숲이었거든. 그런데 이번에는 서쪽이잖아? 거긴 정말 위험해."

동쪽이나 남쪽 숲과 비교하면 위험하다는 말은 들었지만, 그렇게까지 위험한가?

잘 생각해보면 샐러맨더가 있기도 하고 마물이 대량 발생하기도 한다고 했으니, 말마따나 위험한 곳일 것이다.

지금까지 갔던 숲에서 마물과 조우하지 않았던 탓에 좀처럼 실감이 나지 않는 걸까, 아니면 뇌가 생각하기를 거부하는 걸까.

그렇게나 위험한 곳이라면 소장님의 태도도 납득할 만했다.

"정말 조심해야 해."

"응."

"정말로 조심할 거지? 약초를 발견했다고 혼자 설렁설렁 이동하면 안 돼."

"알겠다니까."

주드까지 걱정스럽게 말했다.

무엇보다 지금까지 있었던 일을 생각하면, 그의 충고에 순순히 고개를 끄덕일 수밖에 없었다.

새로운 약초를 발견해도 멋대로 이동하지 말자고 마음을 다잡았다.

잠시 후 기사단의 막사에 도착하자 한층 더 긴장이 되었다.

분주하게 마지막 준비를 하는 기사단 사람들의 분위기에서 긴장감이 느껴졌기 때문이다.

그 긴장감은 나에게도 전염되었다.

주드도 함께 짐마차에서 내렸다.

주드가 기사단 밑에서 일하는 사람에게 말을 걸자, 그는 차례차례 짐을 내려 기사단의 짐마차로 옮겨 실었다.

그 모습을 바라보고 있는데 주드가 되돌아왔다.

주드의 얼굴을 올려다보자 그는 아까 소장님처럼 진지한 표정을 짓고 있었다.

주드도 걱정하고 있구나, 라는 생각을 하고 있는데 그가 내 왼손을 슥 잡더니 손가락을 꽉 쥐었다.

"무사히 돌아와야 해."

"고마워."

이곳에 오기 전까지 이런저런 이야기를 들어서인지 헤어지는 인사는 말 수가 그리 많지 않았다.

고맙다고 하자, 주드는 딱 한 번 시선을 밑으로 떨어뜨렸다가 평소처럼 생긋 웃으며 연구소로 돌아갔다.

주드의 뒷모습을 배웅하고 나 또한 뒤를 돌았다.

찾을 사람이 있었기 때문이다.

잠시 어슬렁어슬렁 돌아다니다보니, 저쪽에서 나를 찾고 있었는지 그가 이쪽으로 걸어오는 모습이 보였다.

"세이."

"안녕하세요."

"좋은 아침이야."

단장님이 가까이 다가와서 인사를 했다.

문관과 사전 회의에서 들은 이야기에 따르면, 나는 이번에 제3기사단과 함께 서쪽 숲까지 이동하게 되었다고 한다.

마법 연습을 할 때 꽤 도움을 받은 덕분인지 제3기사단에는 얼굴을 아는 사람들이 많아서 다행이었다.

잘 모르는 사람들에게 줄곧 둘러싸여 있는 것도 피곤하니까.

뒷일을 생각하면 이동하는 동안에는 가능한 한 지치고 싶지 않았다.

나중에 기사들에게 들었는데, 제2기사단과 제3기사단 중 누가 나와 함께 행동할 것인지를 두고 살짝 다퉜다고 한다.

제2기사단이 나에게 수수께끼 같은 도취감을 지니고 있는 걸 보면 과연 있을 법한 이야기였다.

솔직히 말해 그렇게 도취된 태도로 대하면 내가 몹시 불편하기 때문에 제3기사단으로 결정되어서 안심했다.

아무래도 사단장님이 밀어준 모양이었다.

인텔리 안경님이 단장님의 형이라고 하던데, 그것도 상관이 있나?

잘하셨어요, 사단장님.

"세이는 서쪽 숲까지 마차로 이동하던가?"

"그렇다고 들었어요."

"그렇구나……."

문관에게 들은 이야기로는 왕궁에서 서쪽 숲까지 약간 거리가 있기 때문에 마차로 이동한다고 한다.

기사들은 말을 타는 사람이 많으니, 제3기사단에서 마차를 타고 이동하는 건 나뿐이다.

혼자 줄곧 마차 안에 있으면 지루할지도 모르지만, 이동하는 동안에 자고 있으면 신경도 쓰이지 않을 것이다.

하지만 어쩐지 단장님의 표정이 딱딱했다.

내가 혼자 마차에 있는 게 신경 쓰이나?

그 의문은 마차 가까이에 왔을 때에 해소되었다.

"세이 님, 안녕하세요."

"어머, 사단장님?"

내가 타기로 한 마차 옆에 사단장님이 서 있었다.

궁정 마도사단은 그쪽 막사에서 출발할 예정이라고 들었는데……

"안녕하세요. 어쩐 일이세요?"

"함께 갈까 해서요."

"함께……. 혹시 마차에 함께 타고요?"

"네."

사단장님은 미소를 지으며 고개를 끄덕였다.

내 옆에서 언짢은 표정을 짓고 있는 단장님과는 대조적인 표정이었다.

"이동할 때 시간이 걸리니까 그동안에 마차 안에서 마법에 관한 이야기라도 할까 해서요."

"강의해주시는 건가요?"

"네. 마차를 홀로 타신다고 들었는데, 그럼 지루하겠다는 생각이 들었거든요."

"그렇군요……."

잘까 생각했는데 마법 강의를 해주겠다니, 나름 고마운 이야기였다.

안 그래도 토벌을 하러 가는 동안에는 강의를 모두 쉬어야 하기 때문에, 토벌 기간 동안 까먹을까봐 조금 걱정하고 있던 참이었다.

"고맙습니다."

"아닙니다. 그러고 보니 슬슬 출발할 시간 아닌가요?"

"그래, 맞아."

고맙다고 하자 사단장님이 한층 더 깊게 웃었다.

사단장님의 말을 듣고 주위를 둘러보니, 슬슬 준비가 완료된 모양인지 각자 말을 타고 대기하는 사람이 많아졌다.

나는 단장님과 사단장님에게 재촉받아 마차의 문 쪽으로 이동했다.

레이디 퍼스트인 건지 내가 먼저 마차에 올라 탔다.

승강구의 위치가 높았기 때문에 입구의 틀을 잡고 올라타려 했는데, 옆에서 누군가가 살짝 손을 내밀었다.

손의 주인은 단장님이었다.

어쩐지 낯부끄러웠지만 고맙다고 하면서 그가 내민 손에 내 손을 올렸다.

이런 에스코트에도 익숙해졌구나.

매너 강의 덕분일까?

조금 현실 도피를 하며 마차에 올라타보니 생각보다 넓었다.

좌석에는 쿠션과 담요가 놓여 있었는데, 쾌적하게 보낼 수 있도록 배려했다는 게 느껴졌다.

고마운 일이다.

안쪽에 자리를 잡자 뒤를 이어서 사단장님이 올라탔다.

사단장님이 내 옆자리에 앉았지만, 지난번 왕도에 갔을 때 탔던 마차보다 안이 넓어서 그렇게 신경이 쓰이지는 않았다.

음, 미남과 밀착하는 여행은 정말이지 사양하고 싶다.

문이 닫히고 나서 잠시 후에 마차가 움직이기 시작했다.

서쪽 숲까지는 약 하루 정도 걸린다고 한다.

나는 사단장님에게 마법 강의를 들으면서 서쪽 숲에 관한 이야기도 물어보기로 했다.

◆ ◆ ◆

약 하루 걸리는 길을 지나 서쪽 숲에 도착했다.

하루 정도라고는 들었지만, 도중에 휴식을 취하며 이동한 까닭에 실제로는 하루 반 정도 걸렸다.

아마 나 때문인 듯했다.

왕도까지 갈 때는 신경이 쓰이지 않았지만, 마차 여행은 꽤나 몸에 부담이 됐다.

도중에 사단장님이 『힐』을 걸라고 제안하지 않았더라면, 도착할 때까지 시간이 더 걸렸을 것이다.

육체적으로는 괴로웠지만 정신적으로는 그렇지도 않았다.

아니, 물론 몸이 고단하니 정신적으로 타격을 받을 때도 있었다.

하지만 『힐』을 건 뒤로는 전혀 문제 없었다.

사단장님의 존재가 상당히 컸다고 생각한다.

도중에 들은 마법 강의는 토벌에 관련된 내용이었다.

마법 강의라기보다는 거의 전투에 관한 강의라 하는 편이 좋을 듯했다.

그가 가르쳐준 내용의 대부분은 집단 전투에서 내가 맡을 역할이나 행동 방법 등이었다.

평화로운 일본에서 자라 전투 같은 걸 해본 경험이 전혀 없기 때문에, 그의 강의는 꽤 도움이 되었다.

그 강의도 몇 시간 정도 받고 나자 끝나버렸지만.

두 번째 휴식을 취할 때 아무 생각 없이 사단장님에게 말한 내용이 원인이었다.

무슨 이야기였냐면 강화된 약초에 대한 이야기였다.

약초를 만들어낸 건 사단장님의 조언 덕분이라 생각했기 때문에 고맙다는 인사도 할 겸 그에게 보고했다.

그랬더니 당연하다는 듯이 어떻게 만들었냐는 이야기로 이어졌고, 필연적으로 수수께끼의 마법에 관한 이야기도 하게 되었다…….

아무 생각 없이 "잘 알 수 없는 마법이 발동했거든요"라고 말한 순간 사단장님의 눈빛이 변했다.

실수했다고 생각한 순간에는 이미 늦었다.

휴식을 취하는 동안 함께 있던 단장님이 말리지 않았다면, 한동안 거기서 움직이지 못했을 것이다.

단장님이 이곳에서는 위험하니 뒷이야기는 마차 안에서 하라고 말해줘서 정말 고마웠다.

그 후 토벌 장소로 향하는 길에는 줄곧 수수께끼의 마법에 관한 이야기만 나눴다.

이야기를 나눴다고 해야 하나, 질문을 받았다고 하는 편이 좋을지도 모른다.

그 마법에 대해서는 사단장님도 모르는 듯, 그가 이것저것 꼬치꼬치 캐물었다.

실제로 보여 달라고도 했지만 그날 이후로 성공한 적이 없다고 말하자 딱 보기에도 풀이 죽어버렸다.

응, 흔들림이 없으시네요.

강화된 약초를 만들기 위해서라도 재현할 수 있도록 연습하는 중이니, 재현할 수 있게 되면 보여드린다고 하자 봐주셨다.

이럭저럭하는 사이에 첫 번째 야영지에 도착했다.

여기서 처음으로 제2기사단 및 궁정 마도사단 사람들과 합류했다.

전부 다 모이자 규모가 상당히 큰 듯했는데, 듣자 하니 지난번 토벌과 거의 똑같은 인원이라고 한다.

서쪽 숲의 마물이 강하다는 이야기는 들었지만, 남쪽 숲에 갔을 때에 비해 훨씬 사람이 많았다.

그만큼 서쪽 숲이 골치 아픈 곳이라는 뜻이리라.

야영지 준비를 하기 위한 사람이 있을지도 모른다.

남쪽 숲은 당일치기였으니까.

대규모 인원이라 그런지, 기사들뿐만 아니라 기사들의 주변 일을 돌봐줄 사람도 데려왔다.

덕분에 나는 아무것도 하지 않고 준비가 다 될 때까지 느긋하게 마차 안에서 기다렸다.

아, 제3기사단 사람들의 부탁을 받아 식사 준비는 도왔다.

제3기사단에는 연구소 식당의 식사에 매료된 사람들이 많으니 어쩔 수 없었다.

나도 밥은 맛있는 게 좋으니 즉시 승낙했다.

요리를 만들 때 보니, 고맙게도 요리에 쓸 수 있는 약초가 물자 중에 들어 있었다.

주드나 소장님이 넣어줬나?

어찌 됐든 고맙게 요리에 쓰기로 했다.

내가 만든 요리를 먹으면 신체 능력이 향상되는 등의 효과가 노골적으로 나타나지만, 저녁을 먹은 뒤에는 잠만 자니까 문제없겠지.

그렇게 생각하며 자중하지 않고 만든 저녁은 제3기사단 사람들에게 호평을 받았다.

소장님이 공공장소에서 요리하는 걸 금지했지만, 제3기사단 사람들에 한해서는 새삼스러운 느낌이니 괜찮을 것이다.

그리고 이튿날 다시 서쪽 숲을 향해 이동하기 시작했다.

점심시간이 조금 지났을 무렵에 도착했다.

점심을 아직 먹지 않았기 때문에 일단 휴식을 취하며 식사하기로 했다.

어제 먹은 밥 이야기를 들었는지, 이번에는 제2기사단이나 궁정 마도사단 사람들도 식사를 만들어달라고 부탁했다.

아무리 그래도 전원이 먹을 몫을 혼자서 만드는 건 무리다. 나는 감수만 하기로 하고, 작업은 다른 사람에게 맡겼다.

식사 후에 토벌을 하러 갈 테니 사실은 내가 만드는 편이 좋겠지만, 소장님이 금지하시기도 했으니 이렇게 해도 괜찮을 것이다.

내가 맛을 보았기 때문에 어제에 이어 제2기사단과 궁정 마도사단 사람들에게도 호평을 받았다.

점심을 먹은 후에는 밝을 때에만 상황을 보기로 하고 서쪽 숲에 들어가게 되었다.

단, 나는 남았다.

일단 기사들만 정찰을 하러 가는 모양이었다.

초보자이기 때문에 얌전히 지시에 따르기로 한 나는 시간이 났으니 숲속 끝에 자라는 약초를 찾아보겠다고 허가를 받았다.

모처럼 여기까지 왔는데 연구에 관련된 수확이 하나도 없으면 쓸쓸하니까.

송구하게도 단장님이 경호를 맡아주었다.

사단장님은 어떻게 되었냐고?

그는 정찰하는 사람들을 즐겁게 따라갔다.

어깨를 풀어야겠다나 뭐라나.

그래서 왕궁을 출발한 지 사흘 만에 드디어 서쪽 숲에 들어가게 되었다.

서쪽 숲은 나무들이 울창하게 자란 탓에 점심인데도 어두컴컴하게 느껴졌다.

동쪽이나 남쪽 숲은 아카데미 학생들이 가기 때문인지 꽤 정비되어 있는 느낌이었는데.

밝게 느껴질 정도여서 도리어 서쪽 숲이 어둡게 느껴지는 건지도 모른다.

여러 그룹으로 나뉘어 숲 안쪽으로 이동했다.

내가 배정된 그룹에는 제3기사단 기사들 외에도 단장님과 사단 장님이 있었다.

그리고 우리 그룹에는 궁정 마도사단이 다른 그룹의 절반밖에 배정되지 않았다.

원인은 사단장님이었다.

원래는 사단장님이 아니라 다른 사람이 오기로 되어 있었는데, 사단장님이 나한테 무슨 일이라도 생기면 안 된다면서 강권을 휘둘렀다고 한다.

아니, 단장님도 있는데 사단장님까지 오면 과잉 전력이 아닐까 싶었지만, 사단장님은 완고하게 양보하지 않았다.

사단장님의 본심은 연구 때문에 같은 그룹에 들어오고 싶었던 게 아닐까 싶었다.

틀림없다.

깜짝 놀란 건 단장님 쪽이었다.

단장님 역시 이동을 거부했기 때문이다.

평소대로라면 냉정한 판단하에 자기가 솔선해서 그룹을 이동시킬 법도 한데.

결국 편제를 살짝 바꿔서 현재의 멤버로 정해졌다.

음, 정말 과잉 전력이야.

여기 와서 처음으로 마물을 보았는데, 무섭다고 생각할 틈도 없이 사단장님이 척척 쓰러뜨렸다.

그것도 콧노래를 부르면서 말이다.

그 모습을 보고 단장님까지 쓴웃음을 지었다.

쓴웃음을 지으면서 옆에서 뛰쳐나온 마물을 베어버리는 단장님도 어지간하다 싶었지만.

사단장님은 오랜만에 토벌을 한다며 눈을 빛냈지만, 전혀 그 공백이 느껴지지 않았다.

토벌이라서 그런지, 평소 연습할 때 보여주는 마법보다 강력한 마법을 척척 외워 발동하는 것 같았다.

강하다고는 들었지만 이 정도일 줄이야.

역시 각 부대의 톱 정도 되려면 이 정도로 강해야 하는 걸까?

즉, 단장님도 비슷하게 세다는 뜻이겠지?

그런 사람이 둘이나 이 그룹에 있다.

역시 이 그룹만 발군의 전력이잖아.

"꺅."

"괜찮아?"

"가, 감사합니다."

발밑을 조심하면서 걸었는데 지면 위로 튀어나온 나무뿌리에 발이 걸렸다.

옆에서 걷던 단장님이 순간적으로 팔을 잡아주지 않았더라면 넘어졌을 것이다.

어두컴컴해서 발밑이 잘 보이지 않는 데다 낙엽이 쌓여서 미끄러지기 쉬웠다.

작은 나무도 그리 많이 없는 걸 보면 일단은 미리 정비해둔 길일 텐데도 걷기 불편했다.

그렇다고 해서 아래만 바라보며 걸어갈 수는 없으니 힘들었다.

자세를 바로잡고 사단장님을 보자, 그는 턱에 손을 댄 채 뭔가 생각에 잠겨 있었다.

무슨 일이지?

"사단장님, 왜 그러세요?"

"아아, 별 거 아닙니다. 예전에 비해 마물이 적어진 것 같아서요."

마물이 적어졌다고?

이번에 처음으로 와서 실감이 나지는 않았지만, 단장님 또한 고개를 끄덕였으니 실제로 줄었을 것이다.

"지난 번 토벌의 영향일까요?"

"그것도 원인이겠지만, 그보다 더 많이 줄어든 것 같기도 해."

단장님에게 물어봤지만 토벌의 영향보다 더 많이 줄었다고 했다.

단장님과 사단장님은 어쩐지 골똘히 생각에 빠진 듯했다.

혼자 생각해도 결론이 나지 않았는지, 사단장님은 걸어가면서 단장님에게 이런저런 질문을 했다.

"제가 예전에 여기 왔을 때에는 조금 더 많이 있었던 것 같은데요."

"그렇지. 지난번 토벌과 비교해도 적어진 것 같아."

"그러고 보니 약한 마물을 거의 보지 못했네요. 지금까지 쓰러뜨린 건 이곳의 중견 클래스 마물밖에 없었던 것 같습니다."

"듣고 보니 그렇군."

거기까지 이야기한 뒤, 사단장님이 나를 지그시 바라보았다.

사단장님의 시선을 눈치챈 단장님도 나를 바라보았다.

음? 왜 그러지?

무슨 일인가 싶어서 안절부절못하고 있는데, 사단장님이 뭔가 납득했다는 표정으로 고개를 끄덕였다.

"앞으로 갈까."

"그러지요."

두 분만 납득하고 앞으로 가지 말아주세요.

설명을 요구하고자 했지만, 하필이면 그 타이밍에 마물과 조우하는 바람에 물어보지 못했다.

잠시 걷다보니 서서히 마물과 마주치는 간격이 짧아졌다.

그렇게 상당히 깊숙한 곳까지 들어왔다고 생각했을 때, 앞서 가던 사람들이 걸음을 멈추었다.

의아하게 생각하고 있는데, 옆에 있던 단장님이 가르쳐주셨다.

"이 주변부터 강한 마물이 나오기 때문에 항상 요 근방에서 태세 정비를 하곤 해."

"그렇군요."

동행하던 성 속성 마법을 쓸 수 있는 마도사가 공격력 및 방어력을 올리는 마법을 외우기 시작했다.

나도 도와야지.

딱 좋은 위치까지 이동해서 범위 마법을 외울 준비를 했다.

마력을 주위로 방출하며 『에어리어 프로텍션』을 외쳤다.

『에어리어 프로텍션』은 물리 공격과 마법 공격에 대한 방어력을 올리는 범위 마법이다.

한 사람을 대상으로 외울 때는 『프로텍션』이다.

이런 종류의 방어력을 올리는 마법 중 일반적으로 쓰이는 건 물리 방어력을 올리는 『피지컬 프로텍션』과 마법 방어력을 올리는 『매직 프로텍션』 두 가지로 나뉜다.

하지만 사단장님이 나에게 가르쳐준 건 양쪽을 한꺼번에 올리는 『프로텍션』이었다.

이게 더 쓰기 쉽다고 하면서 말이다.

실제로 두 가지 마법보다는 『프로텍션』을 외우는 편이 MP도 덜 쓰게 된다.

문제는 『프로텍션』이 더 어렵다는 것뿐이었는데, 나는 비교적 금방 썼다.

성 속성 마법 레벨이 무한대라는 이유가 크겠지만.

처음 『프로텍션』을 발동시켰을 때 사단장님은 내가 너무 쉽게 쓴다고 하며 배를 잡고 웃었다.

자기가 가르쳐주고서는 너무했다.

사단장님이 그렇게 웃을 정도로 본래 무척 어렵다고 하는 마법을 범위 단위로 써서 그런지, 마도사들이 나를 아연실색한 표정으로 쳐다보았지만 신경 쓰지 말자.

그야 한 사람씩 마법을 거는 것보다는 범위 마법을 쓰는 게 더 빠르지 않은가.

방어력 준비가 끝나면 이제 공격력 준비를 해야 한다.

거기까지 하면 내가 할 수 있는 일은 끝난다.

범위 마법을 연발한 탓에 MP가 확 줄어들었다. 나는 짐 속에서 중급 MP 포션을 몇 개 꺼내 마셨다.

다른 마도사들도 똑같았다.

MP는 가만히 기다리기만 해도 자동적으로 회복되지만, 금방 이동할 것 같았기 때문이다.

마도사들과 내가 포션을 다 마신 뒤에 우리 그룹은 다시 이동하기 시작했다.

주위를 둘러보니 다들 조금 전에 본 것과 다른 표정을 짓고 있었다. 긴장감이 높아졌다는 게 느껴졌다.

목적지는 서쪽 숲의 심층부.

다른 그룹도 비록 경로는 다르지만 목적지는 같다고 한다.

사전 회의에서 심층부로 가까이 다가가면 갈수록 마물이 강해진다는 이야기를 들었다.

맞는 말이었지만, 그뿐만은 아니었다.

앞으로 나아가면서 마물과 조우하는 빈도가 서서히 잦아졌다.

여태까지는 단시간에 끝났던 전투도 점점 오래 끌게 되었다.

아까는 한 마리씩 나왔던 것이 무리를 지어 나오기도 하고, 심지어 한 무리를 쓰러뜨리고 있을 때 다른 마물이 다가오기도 했다.

부상을 당하는 사람도 늘어났기 때문에, 할 일이 없었던 나 또한 『힐』을 써서 지원하는 경우가 잦아졌다.

첫 번째 토벌에서 나름대로 움직일 수 있는 건 사단장님의 특훈 덕분일지도 모른다.

기사들과 단장님이 지켜주는 덕분에 피해를 입지 않는 후방에서 지원만 하면 되니, 당황하지 않고 침착하게 있을 수 있다는 생각도 들었다.

무섭냐고 묻는다면 조금 무섭긴 하지만.

"갑자기 늘어났네요. 지난번 토벌 때에도 이런 느낌이었나요?"

전투 사이에 사단장님이 평소와는 달리, 아니 마치 관심 있는 걸 발견했을 때처럼 물어보았다.

다음 전투를 대비하던 단장님이 질문에 대답했다.

"그래. 안쪽으로 가면 갈수록 심해져."

"와."

사단장님이 눈을 가늘게 뜨고 입술을 핥으면서 흥미롭다는 듯이 웃었다.

어쩐지 누르면 안 되는 스위치가 눌린 것만 같았다.

그렇게 생각한 순간, 마법이 연속으로 발동되더니 이쪽으로 다가오던 마물이 한꺼번에 정리했다.

범인은 사단장님이었다.

지금까지 이렇게 빠른 속도로 마법을 연속 발동하는 건 본 적이 없었다.

이게 마력 조작에 통달했을 때의 속도인가.

조금 놀랐다.

"안쪽에서 무슨 일이 일어나고 있는 모양이네요."

"그래. 기사단도 그렇게 판단해서 이번에는 심층부까지 가기로 한 거야."

"그렇군요. 무슨 일이 일어나고 있을까요?"

사단장님이 재미있다는 듯이 웃었다. 그를 바라보던 마도사들의 표정은 어딘가 포기한 듯한 느낌이었다.

아아, 누르면 안 되는 스위치가 켜졌네.

내 마력에 관해 이야기할 때와 똑같은 표정을 지었기 때문이다.

마도사들의 말에 따르면, 사단장님이 저렇게 되면 말릴 수가 없다고 한다.

나도 충분히 이해하기 때문에 묵묵히 기사들의 뒤를 따라 걸어갔다.

『리플렉션』.

마물을 쓰러뜨리며 앞으로 나아갔다.

몇 번째인지 모를 전투에서 마물이 기사를 공격하려는 걸 방지하기 위해 반사 효과가 있는 배리어를 치려고 『리플렉션』을 외쳤다.

마물의 공격은 배리어에 막혔고, 그 대미지가 반사되었다.

그리고 마물의 기세가 꺾였을 때 기사들의 공격이 먹혔다.

상당히 좋은 타이밍에 발동했다.

혼자서 만족하고 있는데 사단장님이 말했다.

"이번엔 타이밍이 좋았어요."

"감사합니다."

칭찬을 받자 약간 기쁘다.

하지만 기뻐하는 것도 순간일 뿐, 곧바로 다시 이동했다.

같은 곳에 머무르고 있으면 금방 마물이 다가오기 때문이다.

이미 심층부 가까이에 온 탓인지, 전투가 끝나고 나서 그 다음 전투가 개시될 때까지의 간극이 상당히 짧아졌다.

기분 탓인지 주위의 공기도 점점 탁해졌고, 기분 나쁜 땀이 등에 축축하게 배이는 바람에 옷이 몸에 달라붙어서 불쾌했다.

공기가 이렇게 불쾌하게 느껴지는 건 장기가 짙어지고 있기 때문이라고, 단장님이 말해주었다.

이게 장기구나.

숲 안쪽으로 들어가면 갈수록 장기가 짙어진다고 한다.

그렇게 심층부에 도착했을 때, 선두에서 걸어가던 기사가 "뭐지?"라고 중얼거리는 소리가 들렸왔다.

나 말고 다른 사람들에게도 들렸는지, 단장님과 사단장님이 선두로 갔다.

나도 한 발 늦게 그 뒤를 따라갔다.

심층부라 불리는 곳은 땅이 패여 있었는데, 우리는 그 패인 곳 위에 서서 심층부를 내려다보았다.

심층부에는 검은 늪 같은 게 있었다.

문제는 그 늪 속에서 차례차례 마물이 솟아나오고 있는 것이었다.

"저게 뭐지."

"글쎄요. 뭘까요."

단장님과 사단장님이 매서운 표정으로 늪을 바라보았다.

늪에서 거리가 떨어져 있는 덕분에 솟아나온 마물은 아직 우리가 있다는 걸 알아차리지 못했다.

하지만 큰소리를 내면 들킬 테니, 둘 다 목소리를 낮춰 대화했다.

나도 숨을 죽이고 두 사람의 뒤에서 늪 주위를 살며시 살펴보았다.

솟아나온 마물은 바로 이동하지는 않았고, 잠시 늪 주변에 머무르는 것처럼 보였다.

늪 주변에 수많은 마물들이 상당한 밀도로 득시글거리고 있었다.

한 마리라도 우리를 알아채면 여기에 있는 마물 전부에게 전파되어 우리를 덮치지 않을까.

그건 좀 봐줬으면 좋겠다.

아무리 단장님이나 사단장님이 강하다 해도, 이렇게 많은 양을 상대하기는 힘들 것이다.

그 모습을 상상하자 저도 모르게 몸이 떨렸다.

응, 틀림없이 죽을 것이다.

하지만 보면 볼수록 기분이 나빴다.

검고 탁한 늪을 보고 있으려니 어쩐지 가슴이 답답하고 불쾌했다.

색깔도 그렇고 마물이 솟아 나오는 것도 그렇고, 아무리 봐도 평범한 늪이 아니었다.

단장님과 사단장님도 저런 늪은 처음 보는 건지 정체를 모르는 모양이었다.

으음.

심층부에 가까워지면서 장기가 짙어진 것 같았는데, 설마 저 늪 자체가 장기로 되어 있는 건 아니겠지?

늪에 대해 생각하고 있을 때, 앞에 있던 두 사람이 뒤를 돌아보았다.

늪을 보면서 뭔가 이야기하던 단장님과 사단장님의 대화가 끝난 모양이었다.

두 사람은 손짓을 하며 뒤로 물러나라는 지시를 내렸다.

말없이 지시를 내리는 건 늪 주위에 있던 마물 중 일부가 이쪽으로 이동해왔기 때문인 듯했다.

나도 가능한 한 소리를 내지 않도록 살며시 뒤로 물러났다.

그러고 나서 곧바로 진행 방향에서 비명 소리가 들려왔다.

전방을 응시하자 희미한 오렌지색 빛이 보였다.

대체 뭐지?

그렇게 생각한 순간, 불길이 화르르 치솟더니 앞에 있던 기사를 집어삼켰다.

잠깐만, 저거 위험하지 않아?!

"온다!!!"

어떻게 해야 할지 몰라 우물쭈물하고 있을 때, 이번에는 뒤에서 단장님이 소리쳤다.

뒤를 돌아보자, 늪 주위에 있던 마물 몇 마리가 이쪽으로 이동해 오는 모습이 보였다.

혹시 전방에서 있었던 소동 때문에 알아챈 걸까?

등줄기가 오싹해졌다.

"저쪽은 샐러맨더 같네요."

"네?"

어느새 옆에 온 사단장님이 중얼거렸다.

아무래도 전방에는 샐러맨더가 나타난 모양이다.

아까 그 불길은 샐러맨더가 뿜어낸 듯했다.

전방에서 하얀 빛이 번쩍이더니 마도사가 회복 마법을 외우는 모습이 보였다.

옆에 있는 사단장님도 후방에서 오는 마물을 마법으로 공격하고 있었다.

그래, 나도 멍하게 있을 때가 아니야.

전방을 보자, 아까 불길에 휩싸였던 사람 옆에 마도사가 다가가서 회복 마법을 걸었다.

순간적으로 배리어를 친 건지, 기사는 부상을 당했지만 살아 있기는 한 모양이었다.

나도 부위 결손을 치료했을 때처럼 마력을 담아『힐』을 발동시켰다.

환호성이 들려오는 걸 보니 제대로 치료된 듯했다.

이어서 다른 기사들에게도『힐』을 걸었다.

후방 지원도 잊지 않았다.

심층부를 향해 걸어가다가 뒤를 돌았을 때 샐러맨더와 조우하는 바람에 마도사들이 전방에 집중되어 있었다.

따라서 후방 쪽에는 마도사가 부족했기 때문에 전방보다 회복의 손길이 적었다.

사단장님도 공격 마법을 외우는 사이에 회복 마법을 걸고 있는 것 같았지만, 효율을 생각하면 내가 회복 마법을 담당하는 게 좋을 것이다.

그렇게 잠시 고착 상태가 이어졌다.

앞쪽은 아직 샐러맨더에게 애를 먹고 있는 듯했다.

뒷쪽은 단장님과 사단장님 등 화력이 센 사람들이 있어서 마물이 차례차례 쓰러져갔다.

하지만 늪에서 마물이 엄청나게 솟아 나와서 연달아 계속 나타났다.

포션을 지니고 있는 동안에는 MP 고갈을 걱정하지 않아도 되지만, 이대로 가면 상황이 점점 악화되리라는 것은 분명하다.

나뿐만이 아니라 주위 사람들도 느끼고 있었다.

항상 정중한 말투를 쓰는 사단장님이 때때로 "젠장"이라고 하는 걸 보면 초조하다는 증거이리라.

위 부근이 쿡쿡 아파왔다.

그때, 등 뒤에서 "위험해!"라는 소리가 들려왔다.

뒤를 돌아보자 눈앞에 샐러맨더가 뿜은 불덩이가 다가오고 있었다.

잠깐만!

마법을 외칠 틈도 없었고, 옆에 있는 사단장님도 후방 쪽을 상대하느라 이쪽에 대응하는 게 늦어졌다.

멀리서 "세이!" 하고 단장님이 외치는 소리가 들렸다.

일순 모든 게 슬로우 모션처럼 보였고, 주마등이 보인 것 같기도 했다.

그 다음에 냉기가 스르르 느껴지더니 눈앞에 내 키보다 더 높은 얼음벽이 우뚝 솟았다.

순간적으로 팔을 들어 얼굴을 감쌌는데, 얼음벽이 불덩이를 막아준 것 같았다.

주위에 수증기가 맴돌았다.

맥이 풀려서 그 자리에 주저앉을 뻔했지만, 사단장님이 팔을 잡아주었다.

"아직 안 됩니다. 제대로 서세요."

"아, 네."

"아무래도 머리 장식의 마법이 발동한 것 같네요."

"머리 장식이요?"

"지금 달고 있는 머리 장식에 마법이 부여되어 있지요?"

그 말을 듣자 생각이 났다.

지금 달고 있는 머리 장식은 단장님에게 받은 것으로, 사단장님의 말마따나 마법이 부여되어 있다.

이런 효과가 있었구나…….

단장님 덕분에 살았어.

가슴이 뭉클하게 따뜻해져서, 살며시 가슴 위로 손을 올려 양손을 꽉 잡았다.

어찌어찌 내 발로 서서 자세를 바로잡자, 사단장님이 내 팔에서 손을 뗐다.

이제 잡지 않아도 괜찮을 거라 판단한 모양이다.

사단장님은 곧바로 다시 전투로 돌아갔다.

아직 방심할 수 없는 상황이기 때문이리라.

그건 그렇다 쳐도 끝이 없었다.

뒤쪽에서는 여전히 끊임없이 마물이 솟아나왔다.

늪을 어떻게든 하지 않으면 상황은 변하지 않을 것이다.

아니, 언젠가는 누군가가 목숨을 잃을지도 모른다.

조금 전의 불덩이도 처음에는 기사들 중 누군가가 막아주었기 때문에 나한테까지 오지 않았다.

마법으로 체력을 회복한다 해도 정신적인 피로까지는 회복되지 않았다.

다들 집중력이 서서히 떨어지고 있어서 그런지 다치는 빈도도 잦아졌다.

어떻게 하면 되지?

내가 할 수 있는 건 회복 마법을 외우는 것뿐이야?

지원하면서 그런 생각이 머릿속을 스쳤다.

저 늪을 어떻게든 하고 싶다.

그렇지 않으면…….

"단장님!"

기사의 목소리에 퍼뜩 정신을 차렸다.

목소리가 들려온 쪽으로 시선을 돌리자, 검은 늑대 같은 마물의 공격을 받은 단장님이 자세를 흐트러뜨리는 모습이 보였다.

단장님은 곧바로 버텨냈지만 또 다른 늑대가 나타나서 그를 공격해왔다.

싫어, 하지 마!

그때, 나한테서 무언가가 넘쳐 나왔다.

연구소에서 봤던 금색 마력이었다.

마력은 눈 깜짝할 사이에 멀리 떨어진 단장님에게 도달했다.

단장님을 덮쳐오던 검은 늑대는 내 마력이 닿은 곳에서부터 검은 연기로 변하더니 금빛 격류에 집어삼켜진 채 사라졌다.

어안이 벙벙한 표정으로 단장님이 이쪽을 돌아보았다.

단장님뿐만 아니라 다른 사람들도 마찬가지였다.

물론 나도 놀랐다.

이게 뭐지?

아무리 그래도 너무 엄청나지 않은가.

멍하니 서 있는 동안에도 나에게서 끊임없이 마력이 흘러나왔다.

금빛 마력은 기세를 유지한 채 더 넓은 범위로 퍼져나갔다.

여전히 갑작스럽게 발동했지만, 이런 상황이라면 혹시⋯⋯.

나는 연구소에서 발동했을 때처럼 가슴 앞으로 양손을 맞잡고 부디 마물과 늪이 사라졌으면 좋겠다고 생각하면서 기도했다.

그러자 마력이 훨씬 더 빠른 속도로 퍼졌다.

지면 위에 펼쳐진 금색 안개의 범위가 점차 넓어지더니 샐러맨더나 늪 주위에 있던 마물, 나아가 늪 자체까지 집어삼켰다.

그리고 늪 전체를 뒤덮었을 때 술법이 발동되어 빛이 폭발했다.

반짝반짝 빛나는 금색 입자가 하늘에서 떨어질 무렵에는 주위에 있던 마물과 늪이 전부 사라지고, 그저 숲만 남았다.

"끝났……나?"

"그런 것 같네요."

단장님이 중얼거린 말에 사단장님이 대답하자, 갑작스럽게 벌어진 일에 깜짝 놀라 멍하니 서 있던 기사들도 상황을 이해한 모양이었다.

주변 일대에 우와아 하는 함성소리가 울려 퍼졌다.

제6막

성녀

소환된 지 열 달째.

서쪽 숲을 토벌한 뒤로 잠시 시간이 흘렀다.

그 후 내 주위는 아주 조금 소란스러워졌다.

어쩔 수 없다면 어쩔 수 없는 일이다.

【성녀】로서의 능력을 유감없이 발휘해 버렸으니까.

내가 발동한 수수께끼의 마법은 토벌의 결과를 감안할 때 고대에서부터 전해 내려오던 【성녀】의 술법인 모양이었다.

그 술법으로 마물과 기분 나쁜 늪이 말끔하게 사라졌다.

【성녀】의 술법으로 마물을 섬멸시킬 수 있다는 이야기가 떠올라서 발동하기는 했지만, 설마 늪까지 사라질 줄은 몰랐다.

늪에 관해서는 아직 자세한 사항을 모른다.

왕궁으로 돌아오는 마차 안에서 사단장님과 이런저런 이야기를 나누었는데, 그때 늪에 관한 화제도 나왔다.

추측이기는 하지만, 늪에서 마물이 솟아난 것과 내가 발동한 마법으로 흔적도 없이 사라졌다는 걸 미루어 보아 장기로 이루어진 늪이었을 가능성이 높다는 이야기였다.

사단장님이 알고 있는 한, 그런 늪에 대한 이야기는 지금까지 들어본 적이 없다고 한다.

늪을 발견했을 때 단장님과 사단장님은 늪에 관해 이야기를 나누었는데, 둘 다 처음 봤다고 했다.

늪이 장기로 이루어졌다는 의견에는 단장님도 동감하는 모양이었다.

그런 장기 덩어리를 없애버린 건 아마【성녀】의 술법 효과로 기록된 장소 정화에 해당할 것이다.

사단장님이 그렇게 말했다.

마차 안에서 늪에 대한 이야기만 한 것은 아니었다. 물론【성녀】가 쓰는 술법에 대한 이야기도 했다.

그때 사단장님이 얼마나 흥분했는지, 말로는 다 표현 못할 지경이었다.

눈빛까지 변해서 정말이지 약간 질렸다.

하지만 그건 신기한 마법을 본 것에 대한 흥분일 뿐, 내가【성녀】라고 확신했기 때문이라는 느낌은 아니었다.

즉, 평소와 똑같았다.

사단장님뿐만 아니라 단장님도 마찬가지였다.

그래서 약간 낙관하고 있었다.

왕궁으로 돌아가도 예전처럼 아무것도 달라지지 않을 거라고 말이다.

그 환상이 완전히 깨진 건 토벌에서 돌아와 일주일 정도 지난 뒤부터였다.

빌린 책을 돌려주기 위해 연구소에서 도서실로 갔을 때, 문득 주변 상황이 바뀌었다는 걸 깨달았다.

가령 진행 방향에서 사람이 걸어온 경우.

왕궁 복도는 나름 폭이 넓어서 진행 방향에서 사람이 와도 옆으로 피해줄 필요는 없다.

피할 필요가 있는 건 모서리를 돌 때 최단 거리로 걸어가려다가 사람과 딱 마주칠 때 정도이리라.

그런데도 문득 지나치는 사람들이 전부 옆으로 피해 머리를 숙이고 있다는 걸 깨달았다.

마치 높은 사람이 지나갈 때처럼.

걸어가는 도중에는 생각에 잠겨 있을 때도 있어서 그리 주변을 주의 깊게 보지는 않았지만, 그래도 지금까지는 이렇지 않았던 것 같았다.

한번 깨닫고 나면 신경이 쓰이는 법이라, 그 외에도 뭔가 변하지 않았나 살펴보게 되었다.

그러자 눈에 띄지는 않지만 바뀐 부분이 드러났다.

가령 도서실에 책을 빌리러 가면 여태까지는 평범하게 그 자리에 있는 사서가 대응해 주었는데, 이제는 사서 대기실에서 일부러 높은 사람이 나와 대응해주었다.

강의를 듣는 방이 바뀌어 예전보다 약간 호화로운 방에 가게 됐다는 점도 그렇다.

그래도 강의에 대해 연락을 주는 문관은 똑같은 사람이었는데, 나를 대응할 때 꽤나 긴장한 분위기가 풍겼다.

문관뿐만 아니라 기사단이나 궁정 마도사단 중에도 그런 사람이 많았다.

아, 하지만 도서실에 갈 때 나타나는 제2기사단 사람들의 태도는 그리 변하지 않았나?

원래부터 숭배하는 듯한 분위기였으니까 말이다.

연구소 사람들도 마찬가지였다.

이쪽은 연구에만 관심이 있는 사람이 많은 탓인지도 모른다.

토벌에 관한 소문 자체를 모르는 건지, 알아도 연구와 상관이 없으니 신경 쓰지 않는 건지.

후자였으면 좋겠다.

전자라면 예전과 똑같이 대해주지 않을지도 모르니까.

"멍하니 왜 그러고 있어?"

"아, 소장님."

최근에 생긴 변화를 돌이켜보다보니, 나도 모르게 조금 멍하니 있었던 모양이다.

포션을 제작하다가 손을 멈춘 나를 보고 소장님이 말을 걸었다.

뭐라고 대답하지?

소장님에게는 토벌에서 【성녀】의 술법을 발동했다고 말하지 않았다.

돌아온 뒤에도 무사했다고 기뻐했을 뿐, 토벌 상황 등은 물어보지 않았다.

왕궁의 분위기로 짐작컨대 이번 토벌 이야기는 상당한 범위로 퍼져나갔을 것 같았다.

소장님이 모르지는 않을 것이다.

"요즘 주위가 조금 변했다는 생각을 하고 있었어요."

"주위가?"

"네. 뭔가 갑자기 높은 사람이 된 것 같은데, 왕궁에 가면 묘하게 공손한 대접을 받아요."

"아……."

거기까지 말하자 소장님은 내가 무슨 말을 하고 싶어하는 건지 알아챈 모양이었다.

평범하게 웃고 있던 소장님이 쓴웃음을 지었다.

"음, 지금 왕궁에서는 온통【성녀】님의 술법이 대단했다는 화제뿐이거든."

"누가 술법을 썼는지도 한 세트겠죠?"

"물론이지."

"역시……."

"토벌할 때의 이야기는 알베르트에게 들었어. 네 공적을 생각하면 어쩔 수 없는 일이겠지."

소장님의 말이 옳다고는 생각하지만, 가능하면 예전과 같은 태도로 대해주길 바랐다.

여태까지도 나름 정중하게 대우해주었고, 나는 그걸로 충분했는데.

"네가 없었다면 이번 토벌에 갔던 녀석들은 전멸했겠지."

"그럴지도 모르지만요."

"이번만 구해준 것도 아니잖아. 현장에 가까운 녀석일수록 너에게 감사하는 마음을 품을 거야."

"아니, 그 정도는 아니에요. 제가 할 수 있는 걸 했을 뿐이고, 이번에는 저도 위험했으니까요."

"그렇다고 해도……."

"솔직하게 말해서, 제게 감사하고 있다면 예전처럼 대해주길 원해요. 정말이지 익숙하지 않아서…….”

“뭐, 조만간 익숙해지겠지.”

“익숙해지고 싶지 않아요.”

퉁명스레 말했지만, 소장님은 난감한 듯이 웃을 뿐이었다.

그러고 나서 한 박자 쉬었다가, 소장님이 “미안하군”이라 중얼거렸다.

얼굴을 슬쩍 쳐다보자, 보기 드물게 진지한 표정이었다.

왜 사과를 하시는 거지?

상황이 이렇게 된 걸 사과하시는 건가?

그 점에 관해서는 소장님이 사과할 필요는 없다고 생각하는데.

지원 요청이 있었을 때 거절한다는 선택지를 고르지 않은 건 바로 나다.

고개를 갸웃하자 이유를 가르쳐주었다.

“이래 봬도 너한테 고마워하고 있어. 그래서 네가 바라는 건 가능한 한 이뤄주고 싶어.”

“소장님…….”

“하지만 앞으로는 조금 힘들어질지도 몰라. 전부 다 이뤄주는 건 불가능하겠지. 상상하기 어려울지도 모르겠지만, 그만큼 우리에게 【성녀】는 특별한 존재야.”

예전에도 익히 이야기를 들어와서 어렴풋이 느끼고는 있었지만, 역시 이 나라에서 【성녀】는 특별한 존재인 모양이었다.

연구소나 제3기사단 사람들은 평범하게 대해주니 그리 느끼지 못했지만, 제2기사단 사람들과 접하게 된 뒤로는 그렇게 느낄 때가 많아졌다.

특히 요즘 들어 완전히 달라진 주위의 태도를 보면 더욱 그랬다.

게다가 소장님에게 새삼스레 그런 말을 듣자 더더욱.

"힘들어진다는 건 연구소를 그만둬야 한다는 뜻인가요?"

"나는 연구소를 그만두게 할 생각은 없지만, 토벌에 참가하게 되면 연구소에 있는 시간이 줄겠지."

"그러네요. 이번 토벌로도 며칠 비웠으니까요."

"서쪽 숲은 그래도 가까운 편이야. 앞으로는 지방 토벌에도 동원될 될 테니 시간이 더 걸리겠지."

"지방이요?"

"응. 지방에도 마물이 대량으로 발생해서 꽤 피폐해졌다고 해. 기사단을 파견해달라는 탄원이 많이 들어온 모양이야."

"왕도 주변뿐만이 아니었군요."

"그래. 잠시 동안은 상황을 살펴봐야 하겠지만, 이번 토벌로 왕도 주위의 마물 발생이 안정되면 앞으로는 지방에 가게 될 거라더군."

지방이라.

예전에 들은 이야기로는 이웃 나라까지 편도 일주일은 걸린다고 했다.

아마 이웃 나라까지 가는 최단 시간일 테니, 장소에 따라서는 더 오래 걸릴 가능성도 있다.

토벌도 하루 만에 끝나지는 않을 것이다.

아마 그 지방 한 곳에만 가는 것도 아닐 테고.

그렇게 생각하면 왕복 이동 시간과 토벌 시간을 합해서 약 한 달은 걸리려나.

"지방에 가게 된다면 한 달 이상 왕도를 떠날 때도 있나요?"

"그렇지."

"한 달이라……. 어느 정도의 빈도로 지방 토벌에 동원될지는 모르겠지만, 연구소에 거의 있지 못하게 될 가능성도 있네요."

"뭐, 다소 왕도에서 쉬게 해주겠지만, 지방이 안정될 때까지는 그렇게 되겠지."

아무래도 그렇겠지요.

연구소에 거의 있을 수 없고, 그런 상황이 언제까지 이어질지 알 수 없다.

지방이 안정되는 게 언제쯤일지도 불투명하다.

그런 상황에서 언제까지나 연구원으로 지낼 수 있을 것 같지는 않았다.

연구소 일도 거의 하지 않는데 연구원으로 있는 것도 미안했다.

업무적으로 생각하면 궁정 마도사단에 이동하는 편이 나을지도 모른다.

그쪽이라면 토벌하러 가는 게 일이라고 할 수 있을 것이다.

하지만 일을 한다면 이곳이 좋다.

포션을 연구하는 게 좋으니까.

그런 생각이 표정에 드러난 모양이었다.

소장님이 걱정스레 말을 걸었다.

"왜 그래?"

"아뇨. 연구원으로 있고 싶기는 한데, 연구소에서 거의 일을 할 수 없게 될 것 같아서……."

"미안하다고?"

"네. 역시 궁정 마도사단 같은 곳으로 이동해야겠죠."

"딱히 상관없지 않아?"

"네?"

"지방에는 지방의 독특한 약초나 포션이 있어. 그런 걸 보고 다니는 일이라 생각하면, 연구소에 재적하도 문제없겠지."

"그래도 괜찮아요?"

"내가 상관없다고 하잖아. 그건 신경 쓰지 마."

눈을 가늘게 뜨고 웃으면서 그렇게 말하는 소장님 뒤로 후광이 비치는 것 같았다.

연구원으로 있고 싶다는 바람 정도는 소장님의 권한으로 해줄 수 있는 모양이다.

소장님은 혹시라도 위에서 이동하라는 등의 말을 꺼내도, 어떻게든 해보겠다는 말까지 해주었다.

소장님, 감사합니다!

그렇다면 이뤄주기 힘들어진다고 했던 바람은 대체 뭐지?

"아, 그건……."

소장님에게 묻자 그는 말하기 조금 어렵다는 듯이 머뭇거렸다.

신경 쓰이니까 빨리 가르쳐줬으면 좋겠다.

"예전에 일반인으로 살고 싶다고 그랬잖아?"

"그렇죠."

"아마 앞으로는 무리일 거야."

그러고 보니 소장님에게 그런 이야기를 한 적이 있다는 게 떠올랐다.

그는 딱 잘라 무리일 거라고 말했는데, 나 또한 그렇게 생각한다.

아무리 그래도 이렇게 된 마당에 그걸 주장하는 건 무리라는 생각이 들었으니까.

"그건 이제 어쩔 수 없죠. 반쯤 포기했어요."

"반쯤이냐."

"네. 가능한 한 조용히 살고 싶거든요."

"그래? 가능하기만 하다면 그 바람을 이룰 수 있게끔 선처하지."

내가 쓴웃음을 지으며 대답하자, 소장님이 가볍게 핀잔을 주었다.

그러고 나서 선처해준다고 말하긴 했지만……, 소장님, 정말 들어줄 생각이 있나요?

어쩐지 진심 같기도 하고 농담 같기도 한 말투인데, 이뤄줄 거라 믿고 있을게요!

◆◆◆

"그럼 오늘은 여기까지 하죠."

"감사합니다."

사단장님의 한마디로 오늘 마법 강의는 끝났다.

토벌 이후에도 강의는 계속 들었다.

마법이든 뭐든 그렇게 금방 다 배울 수 있을 정도로 간단하지는 않기 때문이다.

아무리 마법에 관심이 있다고는 해도, 내 머리는 지극히 평범하니까.

사단장님 정도로 머리가 좋았다면 손쉽게 배울 수 있을지도 모르지만.

"오늘도 이제 제3기사단으로 가시나요?"

"네. 그럴 예정이에요."

"견학해도 될까요?"

"일은 괜찮으신가요?"

"조금쯤은 문제없겠죠."

사단장님의 미소에서 불온한 기운이 느껴졌는데, 과연 괜찮을까?

또 인텔리 안경님이 데리러 올 것만 같았다.

예전에도 이런 대화를 나눈 끝에 사단장님이 제3기사단까지 따라온 적이 있는데, 그때 인텔리 안경님이 데리러 왔었다.

그때는 사단장님이 견학에 정신이 팔려서 무슨 회의를 빼먹었다고 그랬나.

인텔리 안경님뿐만 아니라 마도사들도 사단장님을 찾으러 온 왕궁을 뛰어다녔다고 한다.

이번에도 그렇게 될지는 모르겠지만, 누군가에게 행선지 말해두어서 인텔리 안경님에게 전해달라고 해야지. 나중에 사단장님을 회수하기 쉽도록.

"그럼 갈까요."

"네."

사단장님이 생글생글 웃으며 출발을 재촉했다. 나는 그의 모습을 보고 고개를 끄덕인 뒤 방을 나섰다.

지나가는 마도사를 잠깐 붙잡고 사단장님과 함께 제3기사단에 간다고 말하자, 그는 알아들었다는 듯이 "부사단장님에게도 전해두겠습니다"라고 했다.

아마도 사단장님 수색대에 동원된 사람이리라.

가는 길에는 사단장님과 마법에 관한 이야기를 나누었다.

마법이라 해도 지금 배우고 있는 건 아니었다.

바로 토벌할 때 발동한【성녀】의 술법을 주제 삼아 이야기했다.

【성녀】의 술법에 관해서는 모르는 게 많다.

나뿐만 아니라 사단장님도 마찬가지였는데, 토벌에서 돌아온 뒤로【성녀】의 술법이 어떤 것인지 몇 번인가 대화를 나눴다.

마법이 발동한 뒤의 결과를 보면 그 술법이【성녀】의 술법이라는 것에는 서로 의견이 일치했다.

거기까지는 좋았지만, 그 외 발동 방법 등은 여전히 불분명했다.

술법을 발동시킨 내가 모르니 당연한 일이지만.

서쪽 숲에서 술법을 발동시킬 수는 있었는데, 그 전 단계인 금색 마력의 발생 조건을 알 수가 없었다.

그때도 갑자기 마력이 샘솟아서 술법을 발동했을 뿐이었으니까.

뭔가 특별한 행동을 했었나, 하고 당시 상황을 떠올려보았지만, 딱히 생각나는 게 없었다.

토벌할 때에는 긴박한 상황에서 갑자기 나타났으니 말이다.

그래서 오늘도 사단장님과 대화를 나누며 걸어가고 있는데, 어쩐지 앞쪽이 소란스러운 것 같았다.

왕궁의 안뜰 중 하나와 접한, 벽 없는 회랑으로 들어설 때였다.

무슨 일이지?

사단장님을 바라보니 그도 의아한 표정을 짓고 있었다.

"무슨 일이 생긴 걸까요?"

"뭔지 잘 모르겠지만, 가는 길이니 들러볼까요?"

소동이 벌어진 곳으로 다가가자 문관이나 시녀의 숫자도 늘어났다.

원래 이 회랑은 사람들이 많이 지나다니는 곳이라 이목을 끌기 쉬웠다.

여럿이 모인 사람들이 수군수군 이야기를 나누고 있었지만 내용은 알아들을 수가 없었다.

처음에는 뭔가 소란스러운 정도였는데, 앞으로 가다보니 점점 님녀가 언쟁을 벌이고 있다는 걸 알 수 있었다.

사랑싸움인가?

이런 곳에서 싸우다니, 나중에 시녀들의 화젯거리가 될 게 틀림없다.

텔레비전이나 잡지 등의 오락 거리가 없는 탓인지, 왕궁에서 일하는 사람들 중에는 소문을 좋아하는 사람이 많았다.

특히 사랑싸움 같은 건 가장 화제가 되기 쉽다.

"끈질기군!"

"하지만 전하……."

점점 더 많아지는 사람들 사이를 빠져나가자, 귀에 익은 목소리가 들려왔다.

어라? 이 목소리는…….

남녀가 언쟁하고 있는 것 같은데, 여자 쪽은 잘 아는 사람과 목소리가 똑같았다.

발걸음을 조금 재촉해서 앞으로 가자, 언쟁을 벌이는 사람들의 모습이 보였다.

역시 리즈였다.

"이대로는 그녀에게 도움이 안 됩니다. 부디 다시 생각해주세요."

"그녀를 위한 거라고 하지만, 정말 그래?"

"무슨 뜻인가요?"

"네가 앞장서서 아이라를 고립시키려 한다는 말을 들었어."

"……대체 무슨 말씀이신가요?"

어쩐지 대화의 내용이 불온했다.

그들 주위로 모여든 사람들도 다들 일정한 거리를 두고 멀찍이 서서 보고 있었다.

그도 그럴 것이, 리즈와 언쟁하는 사람은 언젠가 봤던 빨간 머리의 제1왕자였다.

음, 높으신 분의 싸움에는 아무리 신경이 쓰인다 해도 휘말리고 싶지 않은 법이지.

자세히 보자, 리즈와 함께 있는 건 제1왕자뿐만이 아니었다.

아마 이전에 들었던 그의 측근들일 것이다.

제1왕자 외에도 그 뒤에 낯익은 남자애가 몇 명 뭉쳐 서 있었다.

그리고 제1왕자의 옆에는 아마 1년 만에 본 동향 소녀.

아이라가 있었다.

마지막으로 보았던 때와 그리 변하지 않아서 안심했다.

밥도 잘 먹고 있는 것 같았다.

다행이다, 다행이야.

핑크빛의 가련한 드레스를 입은 것으로 볼 때, 사람들이 소중하게 대해주고 있다는 게 느껴졌다.

단, 표정이 시원찮았다.

그녀는 불안한 듯한 얼굴로 제1왕자와 리즈를 번갈아 보고 있었다.

아이라를 관찰하는 동안에도 이야기는 계속 진행되었지만, 도대체 이게 무슨 내용인가 싶었다.

예전에 리즈에게 한 번 들은 적이 있지만, 제1왕자는 아이라를 대하는 영애들의 행동이 모두 리즈가 시킨 일이라고 생각하는 모양이다.

가령 말을 걸지 않거나 쓴소리를 하게 했다는 깃부터 시작해서 심지어 교과서 같은 비품을 망가뜨렸다는 것까지 전부.

아니, 리즈는 그걸 막으려고 했다.

그녀는 영애들뿐만 아니라 아이라도 고칠 건 고쳐야 한다는 이야기를 내게 했던 것이다.

제1왕자가 방해하는 탓에 좀처럼 아이라에게 그 이야기를 할 수 없다고 화를 냈던 기억이 떠올랐다.

"대충 질투에 눈이 멀어 그런 짓을 했겠지만……."

"질투라니요?"

"그래. 너는 내 약혼자니까. 내가 항상 아이라와 함께 있는 게 마음에 들지 않았겠지."

"휴. 그런 것에는 생각이 미치면서, 왜 저의 제안은 받아들이지 않으시는 거죠? 뒤에 계신 분들도 그렇지만, 약혼자가 있는 신사분들이 약혼자가 아닌 여성과 항상 함께 있는 걸 문제시하는 건 당연하잖아요?"

"확실히 그건 그래. 하지만 나는 【성녀 소환 의식】을 총괄할 책임이 있어. 우리의 사정 때문에 소환한 이상, 아이라를 해치는 것으로부터 그녀를 지켜야 해. 절대 음흉한 속셈이 있는 건 아니라고."

"······소환된 건 아이라 님 한 분이 아니시잖아요. 다른 분에게는 아무것도 안 하시는 것 같던데."

"다른 사람? 요즘 소문이 도는 그 여자 말인가? 그건 【성녀】가 아니야."

"뭐라고요?"

"【성녀】의 소환에 성공했다고는 하지만 아이라는 아직 토벌에 익숙해져야만 해. 하지만 슬슬 【성녀】를 토벌에 참가시키라는 목소리가 커지고 있다는 건 알아. 아마도 그 목소리에 부응하기 위해 기사단의 공적을 가짜 【성녀】의 것으로 삼아 표면적으로는 【성녀】가 토벌에 참가한 것처럼 꾸몄겠지."

"전하는 지금 본인이 무슨 말씀을 하고 있는지 이해하고 있으신가요?"

아, 리즈가 열을 받았네.

심상치 않은 리즈의 분위기에 제1왕자 뒤에 서 있던 남자들도 깜짝 놀랐다.

리즈, 화를 내줘서 고마워.

나도 약간 때려주고 싶어졌거든.

나를 가짜라고 하는 건 딱히 상관없다.

가능한 한 나도 일반인으로 있고 싶으니까.

하지만 이렇게 사람들이 많이 지나다니는 곳에서, 장래 정점에 군림할 인간이 【성녀】의 활약은 프로파간다라고 말하는 건 옳지 않은 것 같았다.

만약 정말 그랬다면 네 말 한마디로 모든 것이 다 물거품이 될 테니까.

내일이 되면 가짜【성녀】이야기가 온 왕궁에 진상인 것처럼 돌아다니는 게 아닐까.

제1왕자의 엄청난 말에 현기증이 날 것만 같았다. 그때, 문득 아이라와 눈이 마주쳤다.

나를 인식한 아이라가 눈을 휘둥그레 떴다.

왜 그러지?

아, 리즈도 알아봤네.

이어서 제1왕자도.

제1왕자는 이 녀석은 뭐냐는 듯한 표정을 지었지만.

"세이……."

"으음, 잘 지냈어?"

리즈가 말을 걸자, 이번에는 다들 나를 주목했다.

멀리서 보이는 몇몇 문관들의 얼굴빛이 엄청 나쁜 건 착각이 아닐 것이다.

그렇지. 자기 나라의 왕자가 가짜라고 한 사람이 눈앞에 있으니까.

황급히 어딘가로 달려가는 사람도 있었다.

누군가 윗사람을 부르러 간 걸까?

가능하면 이 상황을 수습할 수 있는 사람을 데려와줬으면 좋겠다.

"누구지?"

제1왕자의 목소리를 듣고 그를 마주 보았다.

누구냐니……. 기억 안 나?

대답하지 않으면 안 될 것 같았지만, 어쩐지 대답하고 싶지 않았다.

그렇지만 정말 대답하지 않는 건 어른스럽지 못하므로, 내키지 않았지만 그에게 인사를 했다.

"세이입니다."

나는 매너 강의에서 배운 대로 인사를 하며 자기소개를 했다.

최소한도로 필요한 만큼만 인사한 건 용서해주길 바란다.

최소한이긴 하지만 제1왕자는 머리 색깔을 보고 내가 소문의 그 【성녀】라는 걸 깨달은 모양이다.

"네가 소문의 그【성녀】인가?"

"……."

나는 제1왕자의 질문은 무시하고 리즈를 보았다.

왕자가 울컥하는 게 느껴졌지만 무시해야지, 무시.

그 정도는 괜찮겠지?

"저기, 리즈. 의논을 할 거라면 어딘가 방을 빌리는 편이 좋지 않을까? 이곳은 눈에 띄니까."

내 말을 들은 리즈가 난감하다는 듯이 미소를 지었다.

대충 리즈도 비슷한 제안을 했지만 제1왕자가 받아들이지 않았을 것이다.

맨 처음 상황은 잘 모르겠지만, 제1왕자가 얼마나 열이 받았으면 그랬을까.

냉정하게 생각해보았을 때, 이런 곳에서 소동을 일으키면 이래저래 폐해가 있으리라는 걸 눈치챌 법도 한데.

측근들도 그렇다.

어라? 혹시 그걸 노린 건가?

"이봐!"

생각에 잠겨 있을 때, 참다못한 제1왕자의 손이 내 어깨로 향했다.

으음, 매너 강의에서 배운 바에 따르면 남성이 미혼 여성을 경솔하게 만지는 건 매너 위반이 아니던가?

왕자니까 용서될 거라 생각하는 건가?

살짝 뿌리쳐볼까 생각했지만, 제1왕자의 손은 나에게 닿지 않았다.

어느새 나타난 단장님이 막았기 때문이다.

"호크 기사단장!"

손을 잡힌 제1왕자가 소리를 쳤지만, 단장님은 신경도 쓰지 않는다는 듯 그의 손을 살며시 내렸다.

단장님의 숨이 약간 거친 걸 보면 꽤 서둘러 왔다는 증거이리라.

제1왕자는 그런 단장님을 짜증스럽게 쳐다보고 있었다.

그리고 조금 늦게 한 사람이 더 왔다.

"웬 소란이냐."

"아버지!"

국왕 폐하께서 왔다.

그 뒤에는 재상님도 있었다.

아까 그 문관이 부르러 간 것일지도 모르겠다.

이제 사태를 수습해 주려나?

"이 사람들이……."

"됐다. 이야기는 다 들었다. 이렇게 보는 눈이 있는 곳에서 어리석은 소동을 일으켰구나."

"아버지!"

"게다가 【성녀】님께 대단한 무례를 범했다고 하던데."

"무례를 범한 건 저희가 아니라 그쪽입니다."

"호오. 여기 있는 【성녀】님을 가짜라 했다고 들었는데 말이다."

"이 여자는 아버지가 준비한 가짜이지 않습니까."

"……왜 그렇게 생각하지?"

"【성녀 소환 의식】으로 소환된 건 아이라 하나입니다."

"여기 있는 세이 님도 【성녀 소환 의식】으로 소환되었다."

"네?"

"맨 처음에 못 보고 지나친 건 그래도 괜찮다. 하지만 문관들이 소환된 사람이 둘이라고 거듭 보고를 올렸지. 듣지 않았던 거냐."

"그건……, 하지만……."

"드레베스 사단장의 감정 결과로도 세이 님이 【성녀】인 건 틀림없다고 한다."

뭐? 그래?

저도 모르게 사단장님을 보았지만, 사단장님은 폐하 쪽을 보고 고개를 숙이고 있는 탓에 나를 보지 않았다.

아, 토벌을 갔을 때의 이야기에서 그런 결론이 나온 건가?

혼자 납득하는 동안에도 폐하는 이야기를 이었다.

"사단장뿐만이 아니다. 제3기사단의 호크 단장도 지난번 토벌에서 세이 님이 훌륭하게 【성녀】로서의 책무를 다했다는 보고를 올렸지. 물론 함께 간 제2기사단에서도."

"……."

"네가 【성녀 소환 의식】을 총괄했으니 아이라 님을 보호하는 건 이해하겠다만, 그렇다면 왜 함께 소환된 세이 님은 보호하지 않고 도리어 가짜 취급을 하는 거지? 이제까지의 실적을 통해 다들 세이 님을 【성녀】라고 인정하고 있다. 그러는 반면, 아이라 님은 어떻지? 아직 아무런 실적도 올리지 않았더군."

"그건⋯⋯."

"실적을 고려하지 않는다 해도, 세이 님을 가짜라고 단정 지을 만한 근거는 없다. 그럼 나머지는 장소를 바꿔서 이야기하는 게 좋겠군."

국왕 폐하의 말에 제1왕자는 입을 다물었다.

폐하는 일순 유감스러운 표정을 지었다가 곧바로 표정을 다잡고 대기하던 기사들에게 제1왕자와 측근들을 어딘가로 데려가라는 지시를 내렸다.

의기소침한 제1왕자는 얌전히 기사들을 따라 이동했다.

주위에 모여서 상황을 지켜보던 사람들도 다 같이 자기 자리로 돌아가는 모양이었다.

"이야기가 듣고 싶으니 애슐리 후작 영애도 동행해줄 수 있겠나?"

"알겠습니다."

"세이 공과 관련된 건 나중에 또 보고를 받도록 하지."

"아, 네."

아무래도 나는 여기서 놓아주려는 모양이다.

폐하는 주위에서 눈치채지 못하도록 아주 약간 면목 없다는 표정을 지으며 목례를 하더니 제1왕자 일행의 뒤를 따랐다.

그 뒤로 재상님과 리즈가 따라갔다.

어쩐지 제대로 이해하지 못한 사이에 일이 끝나버렸는데, 이걸로 리즈가 말했던 아카데미 내부의 문제는 해결될까?

나는 부디 잘 해결되기를 바라면서 단장님 및 사단장님과 함께 그 자리를 떠났다.

◆ ◆ ◆

마리 씨를 앞세워 왕궁 복도를 걸었다.

그 외에도 시녀 둘과 기사 둘을 거느린 채 폐하를 알현했을 때 입은 하얀 로브를 펄럭이며 걷자 모두가 고개를 숙이며 길을 비켜주었다.

이 상황은 대체 뭘까.

그 일 이후로 나를 대하는 왕궁 사람들의 태도는 점점 더 정중해졌다.

어쩔 수 없다면 어쩔 수 없는 일이다.

왕궁에서 일하는 사람들 사이에서는 완전히 내가 【성녀】라는 인식이 박혔으니까.

포기하긴 했지만 이런 대응에는 아직 익숙해지지 않았다.

한숨을 내쉬고 싶었지만 꾹 참고 얌전히 복도를 걸었다.

목적지는 왕궁의 어떤 방이었다.

방 앞에 도착하자 마리 씨가 문을 노크했다.

호위병의 물음에 대답하자 안쪽에서 문이 열렸다.

옆으로 비켜 선 마리 씨 앞을 지나 안쪽으로 들어가니, 방에서 두 소녀가 기다리고 있었다.

한 소녀는 우아하게, 다른 소녀는 어딘가 어색한 동작으로 인사했다.

그걸 신호로 방문이 닫혔다.

같이 온 기사들은 밖에서 대기하는 중이었고, 방 안에는 나와 두 소녀, 마리 씨를 비롯한 시녀들뿐이다.

여자만 있는 방 안에는 다과회가 준비되어 있었다.

"안녕하세요, 세이."

"안녕하세요, 리즈. 그리고……."

나는 리즈 옆에 서 있는 소녀에게 시선을 돌렸다.

입술을 꽉 다물고 있는 걸 보면 긴장한 듯했다.

"일단 처음 본다고 말하는 게 좋으려나?"

그렇게 물어보자, 아이라가 어색하게 미소를 지었다.

"처음 뵙겠습니다. 미소노 아이라입니다."

"나야 말로 처음 보네. 타카나시 세이입니다."

아이라의 긴장이 옮은 건지, 내 미소도 어색해져 있는 것 같았다.

일단 인사는 끝났다.

이대로 서 있는 것도 껄끄러우니 자리에 앉자고 권했다.

"우선 앉도록 하자."

"그럴까요?"

나는 두 사람을 이끌고 준비된 동그란 테이블로 향했다.

자리에 앉자 마리 씨가 자연스럽게 홍차를 따라 앞쪽으로 내밀었다.

차를 한 모금 마신 뒤, 나는 다시 리즈와 아이라를 보았다.

오늘 다 같이 모인 건 다름이 아니라 아이라와 친목을 쌓기 위해

서였다.

그 소동 이후로 제1왕자인 카일 전하는 【성녀】와 관련된 일에서 빠지게 되었다.

또, 소동의 책임을 지고 당분간 왕궁에서 근신한다고 한다.

카일 전하는 앞으로 몇 달 후에 아카데미를 졸업하므로, 근신이 풀리는 건 아마 졸업식 직전이 될 예정이라나.

그리고 앞으로는 제2왕자인 레인 전하가 카일 전하의 후임이 되어 아이라와 관련된 일을 책임질 듯했다.

이상의 상황은 그때의 그 소동을 거치고 나서 이런저런 처리가 끝난 뒤에야 국왕 폐하가 설명해주었다.

일단 나는 당사자니까.

카일 전하의 측근들 또한 마찬가지로 졸업식 때까지 자택에서 근신하게 되었다고 한다.

다행히 원래 다들 우수한 학생이라서 졸업식까지 등교하지 않아도 졸업에는 영향이 없다나.

그중 아이라만 유일하게 근신 처분을 받지 않았다.

그때 직접 소동을 피우지는 않았다는 게 표면적인 이유였다.

아이라가 주위 사람들이 떠받드는 대로 수동적인 행동을 보인 것도 문제지만, 그녀의 사정을 생각해보면 문제로 삼을 수 없었다.

그도 그럴 것이, 아이라도 나와 마찬가지로 【성녀 소환 의식】을 통해 일본에서 소환된 여자아이였기 때문이다.

게다가 일본이었다면 그녀는 아직 어른들의 보호를 받아야만 하는 나이였다.

갑자기 이쪽 세계로 소환되어 혼자가 된 그녀가 자신을 이래저래 돌봐주는 카일 전하 일행에게 의존한 것을 책망할 수는 없었다.

뭐, 이런저런 정치적인 이유도 얽혀 있어서 아이라는 처분을 받지 않게 된 거지만.

문제는 지금까지 주위에 있던 사람들이 전부 다 근신을 당하게 된 점이다.

리즈의 말에 따르면 지금까지 쭉 카일 전하 일행 외에는 아이라에게 다가갈 수 없었기 때문에, 아이라는 그들 외에 거의 아는 사람이 없다고 한다.

그녀를 내버려두는 것도 무책임한 일이므로, 앞으로는 리즈가 함께 있게 되었다.

레인 전하가 책임자지만 카일 전하의 일도 있어서 같은 여자인 리즈가 적임일 거라는 이야기가 나온 것이다.

그 방안은 아이라에게도 드디어 동성 친구가 생겼다는 결과로 이어졌다.

리즈가 잘 말해주었기 때문에 이런저런 오해도 풀린 모양이다.

그리하여 아카데미에서도 평온한 생활을 보낼 수 있게 되었고, 상황이 안정되었기 때문에 이번에 다과회를 갖기로 했다.

리즈가 아이라와 함께하게 된 지 얼마 지나지 않아, 아이라는 리즈에게 나와 만나보고 싶다고 말했다.

넓은 의미로 동향이기도 하고, 소동이 있었을 때 나를 목격한 뒤로는 줄곧 대화를 해보고 싶었다나.

약 일 년 동안 내가 어떻게 지냈는지도 신경이 쓰이는 모양이었다.

그래서 오늘은 이런저런 대화를 나눠보기로 했다.

"일단 이야기는 들었지만, 아카데미도 꽤 진정된 모양이네."

"네. 이제야 진정이 되기 시작했어요."

"리즈도 여러 방면으로 움직여줬다고 들었어. 수고했어."

"고마워요."

칭찬을 하자 리즈가 수줍게 웃었다.

리즈는 오해가 쌓여 있는 아이라와 여학생들 사이를 중재하는 건 정말 무척 힘들었다고 말했다.

아직 응어리가 남아 있는 사람도 있는 듯하지만, 리즈가 분투한 덕분에 대부분의 여학생들은 리즈를 따라 아이라와 사이좋게 지내고 있는 듯했다.

제1왕자의 약혼자이자 후작가의 영애인 리즈가 부탁한 일이니, 대놓고 거역할 수는 없다는 것도 그 이유 중 하나였다.

아카데미에도 엄연히 계급차가 있는 모양이다.

하지만 억지로 강요하지는 않았다고 한 데다, 리즈가 이끈 일이니 분명 잘 될 것이다.

"미소노 씨도 조금은 진정됐어?"

"네. 리즈 덕분에 요즘은 매일 즐거워요."

아이라에게 말을 걸자, 그녀가 기쁘다는 듯이 미소를 지었다.

듣자 하니 여자 친구들이 늘어나서 그런지, 일본에 있었을 때처럼 걸즈 토크를 할 수 있는 게 정말 즐거운 모양이었다.

특히 패션 이야기를 할 수 있어서 기쁘다고 했는데, 그 부분에서 주제가 탈선해 왕도의 최신 유행 따위에 대해 가르쳐주었다.

도중에 이야기가 빗나간 걸 깨닫고 사과했지만 크게 신경은 쓰지 않았다.

무척 즐겁게 이야기하는 모습도 그렇지만, 과연 부드럽고 포근한 여자애! 라고 말하고 싶을 만큼 사과하는 모습도 귀여웠다.

 리즈와 나란히 웃고 있는 걸 보니 정말 마음에 위로가 되었다.

 미소녀의 치유 효과는 대단하다.

 "세이는 어때요? 진정이 좀 됐어요?"

 "그렇지. 진정됐다고 하면 진정이 됐는데."

 "완전히【성녀】님으로 정착했네요."

 "그런 말하지 마……."

 그녀의 말에 어깨를 축 늘어뜨리자, 리즈가 쿡쿡 웃었다.

 리즈의 말마따나 나를【성녀】로 대접하는 게 정착되었다.

 백 번 양보해서【성녀】로 인정받는 건 자업자득이기도 하니 달갑게 받아들이겠지만, VIP 취급을 하는 건 약간 넌더리가 났다.

 복도를 걸어가기만 해도 지나가는 사람들이 다들 고개를 숙이는데, 그런 상황을 원래 서민이었던 내가 견딜 수 있을 것 같아?

 무리라고요!

 리즈는 그런 내 마음을 이해해주었다.

 이해해주기 때문에 놀리는 거지만.

 리즈뿐만 아니라 아이라도 내 마음을 이해해주는 모양이었다.

 그녀는 우리의 대화를 들으며 동정 어린 시선으로 나를 바라보고 알겠다는 듯이 고개를 끄덕였다.

 그녀도 카일 전하와 함께 있을 때에는 왕궁 안에서 VIP 대접을 받았다고 하니, 같은 일본인으로서 똑같이 느끼는 구석도 있을 터였다.

 "하지만 앞으로 바빠질 것 같아."

"그런가요?"

"당분간 지방에 가야 할지도 몰라."

"그건……."

나에 대한 대우는 자리를 잡았지만, 새어 나오는 이야기를 종합해보면 앞으로 조금 바빠질 것 같았다.

지난번 서쪽 숲 토벌로 왕도 주위의 마물은 일단락되었지만, 지방은 아직 방심할 수 없는 모양이다.

문관들에게도 왕도가 진정되었으면 지방에도 기사단을 파견해달라는 청이 들어왔다고 한다.

서쪽 숲에서 본 늪은 현재 조사 중인 듯한데, 지방에서의 마물 발생 상황을 감안할 때 지방에도 비슷한 게 존재할 가능성이 높았다.

그렇게 되면 그것을 정화할 수 있는 내가 나서야 하기 때문에, 앞으로는 지방에 가게 될지도 모른다.

리즈도 그 이야기를 파악하고 있었던 건지, 살짝 언급한 것만으로도 알아차린 모양이었다.

웃고 있던 얼굴이 걱정스러운 듯하면서도 면목 없다는 표정으로 싹 바뀌었다.

아이 참, 리즈 때문이 아니니까 그런 얼굴 하지 마!

"그럼 연구소는 그만두시는 거예요?"

"그만두지 않아도 된대. 소장님이 어떻게 해준다고 하셨거든."

"어머나! 그건 다행이네요."

"응. 소장님에게 감사드려야지."

연구소를 그만두지 않아도 된다는 말에 리즈가 다시 기쁘게 웃었다.

아무래도 리즈도 걱정하고 있었던 모양이다.

내가 연구소 일을 좋아한다는 걸 알기 때문일까?

리즈와 함께 웃고 있는데, 아이라가 "저기" 하고 중얼거렸다.

왜 그러나 싶어서 고개를 갸웃거리며 쳐다보자, 아이라는 조금 긴장한 얼굴로 입을 열었다.

"타카나시 씨는 이곳에 온 뒤로 왕궁에서 일하셨나요?"

"응, 그랬지. 약용식물연구소라는 곳에서 연구원으로 일해."

"이야기를 좀 듣고 싶은데, 괜찮나요?"

"그건 상관없지만……."

이야기가 듣고 싶다는 게 무슨 뜻이냐고 묻자, 그녀는 앞으로의 일에 참고하고 싶다고 했다.

아이라는 지금까지 카일 전하의 보호를 받으며 그의 지시대로 왕궁에서【성녀】로서 생활했다고 한다.

하지만 그 소동을 겪고 카일 전화와 떨어져 지내게 된 뒤로는 앞으로 어떻게 생활하면 좋을지 생각하게 된 것이다.

지금까지 해왔던 방식대로 생활할 수는 있지만, 이대로 괜찮을까 하는 막연한 불안이 엄습해왔다고 한다.

대화 도중에 '저는 실적이 없어서'라고 하는 걸 보면, 소동이 벌어졌을 때 실적이 없다는 지적을 받은 것이 아이라에게 불안의 씨앗이 된 모양이었다.

특히 아카데미를 졸업하고 나서 어떻게 해야 할지 고민하는 것 같았다.

"미소노 씨는 뭔가 하고 싶은 일이 없어?"

"글쎄요……. 만약 가능하다면 조금 더 마법 공부를 해보고 싶어요.”

“마법 공부라. 그렇다면 궁정 마도사단에 입단해보는 건 어때?”

“좋은 생각이네요.”

내 제안을 들은 리즈가 소리 높여 찬성했다.

물론 궁정 마도사단에 입단하려면 시험을 봐야 하지만, 아이라의 지금 실력이라면 문제없을 것이다.

게다가 아이라는 마법에 재능이 있다고 했다.

일반적으로 한 가지만 있으면 된다는 속성 마법의 적성도 세 가지나 가지고 있다나.

리즈가 꽤 보기 드문 일이라며 100년에 한 명 나오는 인재라고 흥분하면서 가르쳐주었다.

다만, 카일 전하의 방침으로 아이라는 지금껏 성 속성 마법의 레벨밖에 올리지 않았기 때문에, 다른 속성의 레벨은 아직 낮다고 한다.

그렇기 때문에 아이라는 조금 더 마법을 공부해보고 싶은 듯했다.

“그 정도로 마법에 재능이 있다면 더욱더 마도사단에 입단하는 게 좋을 거야. 궁정 마도사단 사람들은 마법 전문가이니 이것저것 가르쳐주지 않을까? 나도 사단장님에게 마법 강의를 듣거든.”

“그런가요?”

“응. 모처럼 재능이 있으니 개발하는 편이 좋겠지. 게다가 궁정 마도사단에서는 토벌에 갈 때도 있으니까 실적도 올릴 수 있을 거야.”

내 이야기를 들은 아이라는 꽤나 궁정 마도사단에 입단할 마음이

든 것 같았다.

리즈가 확실하게 권한 것도 효과가 있었던 건지도 모른다.

무엇보다 나는 사단장님에게 강의를 받고 있어서 궁정 마도사단에 갈 때가 꽤 있는데, 그런 나와 만날 기회가 늘어나는 것도 매력적으로 다가온 모양이었다.

그 이야기를 했더니 아이라의 눈이 무척 반짝거렸다.

역시 같은 세계에서 온 사람이 함께 있어서 미음이 든든해진 걸까?

그 후, 리즈에게 이런저런 이야기를 들은 아이라는 아카데미를 졸업하고 나서 궁정 마도사단에 입단하기로 결정했다.

그때쯤에는 아이라도 대화를 시작했을 때와는 표정이 완전히 달라져서, 개운하게 웃는 표정을 짓고 있었다.

후기

안녕하세요, 타치바나 유카입니다.

무사히 『성녀의 마력은 만능입니다』 2권을 전해드릴 수 있게 되었습니다. 이 또한 응원해주신 여러분 덕분입니다. 감사합니다.

이번에는 2권의 무대 뒤와 관련된 이야기를 잠깐 해볼까 합니다. 다소 스포일러가 있으니 아직 본편을 읽지 않으신 분은 그쪽을 먼저 읽어주시길 바랍니다.

1권이 딱 좋은 부분에서 끝나기 때문에 속편을 빨리 내달라는 말을 많이 들었습니다만, 간행이 조금 늦어졌습니다. 정말 죄송합니다. 전편에 이어서, 아니, 이번에는 한층 더 허둥지둥했던 게 원인인 듯합니다. 이렇게까지 스케줄 관리를 못 하는 사람이었나, 하고 가볍게 절망했을 정도입니다.

카도카와 BOOKS의 담당자이신 W님께서 스케줄 조정을 위해 몇 번이고 뛰어다니셨을 것 같습니다. 이번에도 무척 신세를 졌습니다. 감사합니다. W님 외의 관계자분들께도 엄청난 폐를 끼쳤습니다. 이 자리를 빌려 사과와 감사의 말씀을 드립니다.

1권이 딱 좋은 부분에서 끝났다는 말은 방금 전에도 적었지만, 그와 관련해서 이번에는 연재를 시작했을 때 생각했던 플롯을 조금 수정했습니다.

연재를 시작할 때 생각했던 플롯에서는 1권 뒤에 곧바로 2권의 제5막이 이어질 예정이었습니다. 하지만 그대로 2권을 낸다면 중간쯤에 절정이 오게 됩니다. 그래서 '소설가가 되자'에 게재할 때 받았던 감상 등을 참고해서 4막 정도를 추가한 게 지금 읽으신 2권의 내용입니다. 조금 장황해진 것 같아서 걱정했는데, 어떠셨나요?

제1막 '감정'과 그 뒤에 이어지는 무대 뒤는 말 그대로 감상을 토대로 하여 탄생한 이야기입니다. 그 과정에서 새로 탄생한 캐릭터가 궁정 마도사단의 사단장님입니다. 사단장님은 예상 외로 움직이기 쉽다고 해야 하나, 제멋대로 움직이는 캐릭터라 그런지 2권에서 출연이 가장 많이 늘어난 캐릭터인 듯하네요. 아마 3권 이후로도······.

제2막 '특훈'은 제1막에서 파생된 이야기입니다. 책의 전체 구성을 생각했을 때 제5막과 관련하여 뭔가 추가할 이야기가 없을까 고민하다가 떠올린 내용입니다. 여기서 제1막에 등장한 사단장님이 좋은 활약을 보여줬습니다. 사단장님 덕분에 생각이 무럭무럭 떠올랐거든요. 연구 바보인 데다 뇌가 근육으로 되어 있는 부분을 어떻게 표현할까 하는 게 제2막의 또 다른 주제였던 것 같습니다.

제3막 '숙녀'는 전반적인 구성을 생각해서 추가한 이야기입니다. 2권의 새 플롯을 살펴봤더니 연애물인데도 연애 성분이 부족하다는 생각에 구상했습니다. 특히 댄스와 관련된 장면이 그렇습니다만, 현재로서는 스토리의 큰 줄기와 그다지 얽히지 않는 이야기여서 어쩌면 장황하다고 느끼는 분도 있지 않을까 걱정했습니다. 죄송합니다. 사실은 이런 속셈이 있었습니다.

제4막 '품종 개량'도 책 전체의 구성을 생각해서 추가한 이야기입니다. 이 부분이 추가되어【성녀】의 술법에 관한 기술이 늘어났습니다. 제가 생각하는 플롯은 상당히 느슨하기 때문에 이렇게 도중에 설정이 추가될 때가 가끔 있습니다. 나중에 수습할 수 없을까봐 조금 무섭기도 합니다.

제5막 '토벌'은 연재를 시작할 때 짰던 플롯에 있는 이야기입니다. 제5막에서는 처음으로 전투 장면이 나옵니다. 연애물인데 전투 장면이 나오다니 이게 어찌된 일이야, 싶지만 어쩔 수 없습니다. 저로서는 너무 쉽게 흘려 넘긴 게 아닐까 걱정도 됩니다.

제6막 '성녀' 또한 연재를 시작했을 당시에 플롯으로 짠 이야기입니다. 슬슬 세이가【성녀】라는 걸 인정받고, 제1왕자가 단죄를 받는 내용입니다. 당초 이 단죄 장면은 당시에 유행했던 악역 영애물이라는 장르의 이야기처럼, 제1왕자가 신분을 박탈당하고 아이라와 함께 추방되는 것까지 생각했습니다. 단죄를 고대하던 분도 많았습니다만, 제4막 뒤에 '소설가가 되자'에 무대 뒤를 공개하고 나서 아이라는 구해줬으면 좋겠다는 의견을 많이 들었기 때문에 결과적으로는 초기에 생각했던 것보다 마일드하게 이루어졌습니다. 제1왕자가 앞으로 어떻게 될지는 불분명하지만, 아이라는 밝은 방향으로 이끌어내주지 않았나 싶습니다.

사실 연재를 시작했을 때 여기까지 플롯을 생각해 두었습니다. 원래대로라면 세이와 단장님의 관계도 더욱 진행되어 딱 붙어 있어야 하는데, 왜 이렇게 된 걸까요……. 그런 고로 앞으로도 이야기가 이어질 예정이니 조금만 더 함께 해주시면 감사하겠습니다.

1권에 이어 2권의 일러스트도 슈리 야스유키 선생님께서 담당해주셨습니다. 이번에도 여전히 훌륭한 일러스트를 그려주셔서 감사합니다. 이번에 추가된 사단장님의 캐릭터 디자인은 실로 머릿속에서 상상했던 그대로라, 처음 속표지를 확인했을 때 저도 모르게 승리의 포즈를 취하고 말았습니다. 과연 대단하세요!

　마지막으로 여기까지 읽어주셔서 감사합니다. 가까운 시일 내에 또 만날 수 있기를 바랍니다.

NOVEL
PURPLE

성녀의 마력은 만능입니다 2

2018년 5월 20일 제1판 제1쇄 인쇄
2018년 5월 25일 제1판 제1쇄 발행

지음 / 타치바나 유카
일러스트 / 슈리 야스유키
번역 / 임이지

발행인 / 오태엽
편집팀장 / 김충영
편집담당 / 이예솔
라이츠담당 / 이은선, 조은지, 이선
출판·영업담당 / 안영배, 경주현, 임종헌
제작담당 / 박석주

발행처 / (주)서울미디어코믹스
등록일 / 2018년 3월 12일
등록번호 / 제 2018-000021
주소 / 서울특별시 용산구 새창로 221-19
전화 / (02)799-9359(편집), (02)791-0757(출판영업)
FAX / (02)799-9334(편집)

SEIJO NO MARYOKU WA BANNO DESU vol.2
©Yuka Tachibana, Yasuyuki Syuri 2017
First published in Japan in 2017 by KADOKAWA CORPORATION, Tokyo.
Korean translation rights arranged with KADOKAWA CORPORATION, Tokyo.

- 인지는 작가와의 협의하에 생략합니다.
- 잘못된 책은 구입하신 곳에서 교환해드립니다.

ISBN 979-11-6311-042-2
ISBN 979-11-6311-041-5(세트)